U0108497

瑞典環保少女的呼籲

擁抱世界正能量 ⑥

關麗珊　著

新雅文化事業有限公司
www.sunya.com.hk

擁抱世界正能量 6
瑞典環保少女的呼籲

作　　者：關麗珊
插　　圖：Chiki Wong
責任編輯：陳友娣
美術設計：鄭雅玲
出　　版：新雅文化事業有限公司
　　　　　香港英皇道 499 號北角工業大廈 18 樓
　　　　　電話：（852）2138 7998
　　　　　傳真：（852）2597 4003
　　　　　網址：http://www.sunya.com.hk
　　　　　電郵：marketing@sunya.com.hk
發　　行：香港聯合書刊物流有限公司
　　　　　香港新界大埔汀麗路 36 號中華商務印刷大廈 3 字樓
　　　　　電話：（852）2150 2100
　　　　　傳真：（852）2407 3062
　　　　　電郵：info@suplogistics.com.hk
印　　刷：中華商務彩色印刷有限公司
　　　　　香港新界大埔汀麗路 36 號
版　　次：二〇二〇年七月初版

ISBN: 978-962-08-7552-6
18/F, North Point Industrial Building, 499 King's Road, Hong Kong
Published in Hong Kong
Printed in China

目錄

✦ 第一章　為什麼北極熊要捱餓 ✦

格蕾出世前百多年，她的太爺輩遠房親戚斯萬特是瑞典著名科學家，無論在物理還是化學領域都有重大貢獻，更得到諾貝爾化學獎。

斯萬特一定想不到在百多年後，他的遠房親戚後人格蕾可獲提名諾貝爾和平獎的。

在斯萬特芸芸科學研究之中，最大成就的是發現引致全球氣候暖化的碳排放問題。他跟學生一起做實驗，以科學方法計算出燃燒碳和煤的時候會釋出大量二氧化碳，如果比例大增就會令大氣中的二氧化碳增加，最終會提高地球表面溫度。

隨後的百多年間，無數科學家研究氣候轉變和全球暖化問題，不少人依據斯萬特的理論計算和研究碳排放引致溫室效應的氣候轉變危機。

在瑞典生活的斯萬特研究碳排放，並非因為預見全球暖化，他的動機反而是預防冰河時期再臨，沒有想過後人要為冰川和冰山大量融化而發起環保行動。

格蕾出世前數十年，不同年代、不同國籍的科學家一再警告，環境污染會帶來生態災禍，石油化工增加碳排放令全球氣候轉變。然而，各國政客視若無睹，或虛應一下，全球關注環保的人也不多。

格蕾參與環保活動以前，不少人為愛護地球努力。在她發起罷課以後，依然有不少人參與環保活動。然而，大部分人還是在不斷污染地球。

上世紀七十年代，一羣美國大學生發起呼籲保護環境的「世界地球日」，最初定為春分那天，因為這天晝夜時間均等，陽光同時落在南極點和北極點之上，代表世界平等。不過，由於每年的春分日期不同，漸漸選定四月二十二日為世界地球日。

四月是百花齊放的季節，跟冰天雪地的冬季不同，總讓人充滿希望。

　　格蕾在冬天出世，跟春天遙遙相對。瑞典的冬天日短夜長，北歐人大多留在家裏的火爐旁邊，格蕾的出世為父母帶來一室陽光和春天，讓家人開心不已。

　　春天，格蕾喜歡在花園看花，她覺得每一朵花都獨特漂亮。夏天，格蕾愛看藍天白雲，感受微風吹過的涼快。秋天，格蕾喜歡細數黃葉數目，享受秋天空氣的清爽怡人。冬天，格蕾愛在窗前看雪，白色世界純淨美麗百看不厭。

　　格蕾以為每個人都喜歡大自然，以為每個人都愛坐在窗邊看雲半天，跟她一樣因為看見雨天的雨水打在玻璃窗上會樂上半天。她沒有想過要跟其他人說話，因為沒有什麼話要說，跟她的爸爸、媽媽和保姆都沒有話要說。她的父母帶她去看醫生檢查身體，確定她不是啞巴，只是不愛說話。

　　由幼兒班開始，格蕾就是安靜的小孩。媽媽為她梳辮子上學，她就每日都要梳辮子上學。爸爸給她買新裙子，她每天都要穿同一條裙，長高後無法再穿上時，她

哭了好半天。

　　格蕾跟父母的性格完全不同，爸爸是演員和作家，擅長跟人溝通。她的母親同樣從事表演藝術的，經常到各地巡迴演唱，他們沒有想過女兒沉默如海。不過，格蕾的父母相信每個孩子像不同的花，每朵花都有自己的生長周期，他們沒有勉強格蕾説話，只是默默陪伴孩子成長。

　　升讀小學時，格蕾看見同學們在上堂前後都喜歡跑來跑去，大家的座位像圍成圓圈似的，同學之間經常有眼神接觸。格蕾最不習慣看見別人，也不喜歡別人看見她，寧願自己的座位面對窗口甚至牆壁，也不喜歡看見同學。

　　有幾個同學喜歡大聲説話，尤其是坐在格蕾附近的奧洛夫和卡琳，他們經常談及家裏的貓貓狗狗，每次説起都有同學加入，令課室變得嘈吵，許多人在説話，許多人在笑。

　　奧洛夫喜歡扯格蕾的孖辮，令她好生懊惱。他想找

她一起玩耍，但格蕾從來沒有理會他們，同學覺得格蕾很奇怪，跟美媞一樣奇怪。

格蕾並非不喜歡跟同學玩耍，而是不知道怎樣跟同學溝通，她感到困難，索性不做。起初以為只有她沒有跟同學一起玩，後來知道還有美媞喜歡靜靜坐在課室，跟她一樣不喜歡説話。

每當小息鐘聲響起，同學都會説説笑笑跑出課室，只有她和美媞繼續留在課室，坐在原來座位。

美媞有時伏在桌子上，有時呆坐，格蕾從來沒有跟美媞説話，但覺彼此接近。她知道美媞是開心的，好像她一樣在自己的世界感到快樂。

同學開始熟悉以後，格蕾看見奧洛夫、拉維爾和卡琳一起欺負沉默的美媞，然後，越來越多同學走過來捉弄美媞。美媞沒有反應，沒有哭鬧，完全沒有理會欺凌她的同學。

美媞喜歡將文具順序排好放在桌子上，好像餐廳侍應排列刀叉似的，每枝筆的次序都不會混亂，一定是鉛

筆放最右，然後是藍色原子筆、尺子和膠水。許多文具並非日日要用，其他同學不會拿出來，但美媞每次上課前都會排好，她總是專心排列她的文具。

有一天小息，奧洛夫將美媞的鉛筆和原子筆調轉位置，只見美媞一怔，有點不知所措，想了好一會，才將文具放回她喜歡的排列次序。四周的同學像圍觀野生動物奇觀似的，他們沒有想過美媞有那樣反應，紛紛笑起來。然後，卡琳將美媞的文具再次調轉，大家就是要看美媞皺眉和不耐煩的表情。

上課鐘聲響起，同學返回自己座位後，美媞再次努力將文具放回原本的位置。

相隔幾日，格蕾看見同學將美媞的書簿丟到地上，美媞沒有理會。有人推她一下，將她推跌在地上。

大家好像期待看美媞哭鬧似的圍在四周，個個等待看美媞的反應。然後，大家看見跌坐地上的美媞索性躺在地上睡覺，這次到圍觀的同學反應不過來，個個張大嘴巴。

鐘聲響起，同學紛紛返回座位上課。老師走入課室後，看見躺在地上的美媞，走到她身旁蹲下，輕輕問：「美媞，你為什麼躺在地上？」

美媞沒有回答，轉過身來，背向老師。

老師站起來問：「剛才發生什麼事？」

全班學生沒有出聲，老師拖着美媞的小手，幫助美媞坐回椅子上，好像沒有發生任何事似的開始上課。美媞看見桌子上文具的位置亂了，默默將鉛筆、原子筆、尺子和膠水排好，看見文具回復平日的模樣，這才鬆了一口氣。

下課前，老師向全班學生説：「我們要互相幫助，不能欺負同學的。如果有人欺負美媞，老師會跟你們好好傾談的，知道嗎？」

「知道。」學生一齊回答，除了格蕾和美媞，她們如常沉默。

自從美媞被推跌驚動老師後，沒有人再敢公然欺凌美媞。不過，格蕾有時看見同學拿走美媞帶回學校的三

文治，聽到有些同學說美媞媽媽的三文治特別美味。

　　無論有沒有吃三文治，美媞每日的樣子都是一樣的，沒有人知道她是吃飽，還是捱餓直至放學。

　　當同學以為可以隨意吃掉美媞的三文治時，不知是美媞太肚餓還是同學欺人太甚，當瑪德蓮走去拿美媞的三文治時，美媞突然大發脾氣。

　　沒有人想過美媞夠氣力拿起自己坐的椅子，更沒有人想到她會將椅子擲到同學身上，幸好沒有擲中，但瑪德蓮已被嚇得大喊起來。幾個同學被她嚇得全身顫抖，有兩個站在遠處的同學跟瑪德蓮一起哭泣，大家都很害怕。不過，格蕾並不害怕，她感受到美媞的憤怒。她明白美媞不喜歡同學移動她的文具，更不喜歡同學拿走她的三文治。她在吃三文治的時間不能沒有三文治的，那是打亂了她的時間表，她無法忍受不能估計的事情。

　　美媞走去撿回椅子，將椅子放好，坐下來，開始吃她的三文治。格蕾看見美媞得回她的三文治，在應該吃三文治的時間吃三文治，她是快樂的。

同學跑去找老師，當老師趕到課室的時候，只見美媞和格蕾如常安靜，但其他同學早已鬧作一團。

第二天，美媞沒有再上學。

老師說：「美媞生病在家休息。」

有些同學感到不開心，他們開始明白到不應該欺負美媞的。

一星期過去，美媞仍然沒有上學。瑪德蓮舉手問：「老師，美媞幾時回來？」

「她的父母已經為她辦了退學手續，她會轉校。」

瑪德蓮舉手說：「老師，我想美媞回來。」

「美媞有自閉症，她會轉讀更適合她的學校。」

聽了老師的話，有些同學似懂非懂地點點頭，有些同學沒有反應。奧洛夫大概是最不開心的一個，但他不知為什麼有那種感覺，對小一學生來說，內疚是難以形容和解釋的。

卡琳舉手問：「老師，我們會再見到美媞嗎？」

「世界很細小，說不定你們有天會再見面的。」

奧洛夫舉手：「我⋯⋯我⋯⋯」

「你想怎樣？」

「沒有了。」奧洛夫想問什麼是自閉症，但忘記自閉症怎樣說。

「我好掛念美媞。」一個同學說，然後個個都這樣說。然而，隨着年月過去，大家漸漸忘記沒有再上學的美媞。

學校每年都舉辦世界地球日活動，格蕾起初不大明白，也不關心。直至九歲那年的世界地球日，她才知道保護環境是重要的。

跟往年一樣，老師在課室播放關於全球氣候暖化的影片。同學看見冰川不斷融化，北極的雪地逐漸減少，然後，大家看見北極熊覓食越來越困難。有一對北極熊母子走在冰上，浮冰突然裂開，牠們站在細小的冰塊上，隨水流越漂越遠。格蕾感受到小北極熊驚惶失措，同時感到牠們無法返回陸地，胸口彷彿被鉛塊壓住，非常難過，哇一聲的哭出來。

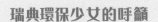

老師暫停播放影片，走近她的身旁問：「格蕾，你幹嗎哭泣？」

格蕾不知道怎樣表達，哭得更厲害。

老師想了想，説：「全球暖化令北極熊生活困難，紀錄片拍攝到這兒，也許，牠們會漂浮到連接到大陸的地方。」

「真的？」同學問。

「我不知道。」老師誠實説：「攝影師沒有追蹤下去，沒有人知道牠們會怎樣。」

格蕾用手帕抹乾眼淚，索索鼻子，然後望向老師。

老師繼續播放影片，只見一隻成年的北極熊孤獨前行，牠已經瘦到只餘骨架，白色皮毛變得灰灰黃黃，全身沒有肌肉，連走路都沒有氣力，好像拖住身軀移動，而非行走，不知道北極熊多少天沒吃過東西……

格蕾再次哇一聲的大哭起來，瑪德蓮、卡琳、寶曼和拉維爾跟她一起哭泣，老師停播影片，説：「同學別哭，我們可以改變的，我們可以減少溫室暖化，我們可

以讓北極熊活得較好，不要哭泣啊。」

拉維爾最先停止哭泣，然後，寶曼和瑪德蓮都開始用手帕抹乾眼淚，卡琳隨後以手背抹眼淚，只有格蕾難以忍受心裏的傷感，不停地哭。她感受到北極熊的飢餓和絕望，覺得好難過。

老師走近她，説：「這段影片已經拍了一段日子，北極熊早已不用捱苦了。」

「牠收到食物嗎？」同學問。

「沒有。」老師原本想説其他攝製隊拍到北極熊餓得瘦死的屍體，但是她想了想，只是説：「大家可以蒐集北極熊面對全球氣候暖化的資料，我們下次上課一起討論。」

同學開始説上網找資料的事，只有格蕾仍然哭得不能自已。

同學在下一課討論北極熊和温室效應後，很快被新事物吸引，也許要明年的世界地球日才會關心北極熊，只有格蕾依然為地球暖化令動物受苦而憤怒。

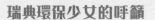

　　老師發現格蕾的情緒越來越不穩定，於是約見她的父母。

　　格蕾的父母都忙於工作，他們聘請保姆照顧格蕾兩姊妹，兩人都想發展自己的事業。媽媽正在外地演出，爸爸在當日下午沒有工作，便獨個兒前往學校跟老師見面，順道接格蕾放學。

　　老師跟格蕾爸爸談過她的異常反應後，提出建議：「格蕾好像至今未能適應學校生活，你們或可考慮帶她去做個智力測試和心理評估的。」

　　「格蕾的智力沒有問題的，我們已經帶她去做智力測驗，她的智力高於平均水平的。」格蕾的爸爸說。

　　「她跟同學難以相處，或者要做不同評估，讓我們知道怎樣給她最好的指導。」老師說。

　　「她只是不喜歡說話，不是自閉症。」

　　「自閉症的光譜很闊，有十分之一學生需要特別照顧的。有些學生難以適應學校生活，智力正常，只是給他們所需的協助，他們在各方面都可以發展得更好。我

們可以為家長轉介適合的學校，好像格蕾有個同學有嚴重自閉症和強迫症，轉校後，得到為她度身設計的學習內容，可以讓她發揮得更好。」

格蕾的爸爸接過老師給他的醫生資料之後，點頭道謝，然後，心下歎息，已經不知說什麼才好。他察覺到女兒的問題，但總想第二天醒來就沒有問題，逃避面對真相。

「不同孩子有不同需要，我們只想格蕾得到最適合她的教育。」老師笑說。

「明白。」

格蕾的爸爸走到她的課室門外等她放學。透過門外的玻璃，看見女兒安靜地伏在桌子上，根本沒有聽老師講課。

下課後，格蕾走出課室門外，看見爸爸，沒有其他小朋友突然看見爸媽一樣的驚喜反應，也沒有跑去跟父親擁抱，只是淡然一笑。爸爸上前拖住她的小手，跟她一起回家。

回家後，格蕾的爸爸開始準備晚餐。

格蕾的媽媽到外地工作，下午值班的保姆走到廚房跟他打招呼，示意下班，離開前說：「雅塔還在睡房午睡，她這天非常乖巧。」

「謝謝。」爸爸從廚房走出來說。

晚餐時，格蕾看見餐桌的煙三文魚，想起北極熊捱餓的樣子，推開碟子，沒有進食。

「格蕾，快點吃，以免媽媽回來發現你瘦了，她會罵我的。」爸爸笑說。

格蕾搖搖頭，沒有說話。

「不好味嗎？」爸爸吃一口三文魚，說：「很鮮美呀，你看，爸爸吃得多高興。」

格蕾沒有理會，只吃蔬菜，爸爸說：「你只吃菜不夠營養的。」

「老師說素食有足夠營養。」格蕾輕輕說。

「好吧，我和媽媽研究素食營養，為你煮美味又有營養的素食好了。」

「不！我們不應跟動物搶糧食的，我們一家人都要吃素。」

爸爸正在吃香濃的芝士烤肉，嚇了一跳，連忙説：「我們讓你吃素，你讓我們食肉吧。」

「不，你們都不應食肉！北極熊快餓死了。」

「我沒有跟北極熊搶三文魚啊，這是媽媽在超級市場買回來的。」

「不，你們不可以食肉！北極熊快餓死了，企鵝都不夠食物。」格蕾堅決地説。

「爸爸多菜少肉，我們慢慢改變飲食習慣。」爸爸笑説。

「不！我們一起吃素，我們不能浪費地球資源，一磅肉所需要的地球資源是一磅菜的數倍。」

「好好好，待媽媽回家後，我們再商議。」

「不⋯⋯」

「格蕾，我們要專心吃晚餐呀。」爸爸説。

看見格蕾不再堅持地不不不説下去，爸爸暗地裏抹

了一把汗。不過，他知道格蕾不會改變的，她會堅持一家食素的。

爸爸和媽媽一起帶格蕾去檢驗。未出報告之前，兩人都忐忑不安，因為格蕾越來越不喜歡上學，即使為她梳好辮子，她都不肯上學，就這樣留在家中。

媽媽去學校了解情況，老師表示她可能跟同學相處不來，格蕾在學校表現得並不開心。

格蕾的檢驗報告出來以後，爸媽由忐忑不安轉為憂心不已，格蕾的媽媽更整晚失眠。

他們都是藝術工作者，兩人的工作時間不同，這天同時休假，媽媽起來給一家人煮早餐。

格蕾看見早餐的雞蛋，説：「爸爸答應我吃素的，吃素不能食雞蛋的。」

「可以呀。」媽媽説：「有些雞蛋有生命的，有些沒有。素食者也可以食雞蛋的。」

「我不相信。」

「我相信呀，」雅塔説：「我喜歡吃雞蛋。」

「格蕾，快點吃早餐，要上學了。」爸爸說。

「我不上學。」

「為什麼？」媽媽說：「同學欺負你嗎？」

格蕾搖搖頭，不再說話。

「爸爸送你上學，沒有同學敢欺負我的格蕾。」

格蕾沒有說話，她覺得沒有氣力說話，勉強吃了一點早餐，就跟爸爸一起出門，然後走回家中，再也不肯上學。

爸爸這天休息，陪同格蕾回房後，獨自坐在客廳，覺得心情沉重。他知道女兒有問題，但不知道怎樣幫助她。他走出花園坐在椅子上，打算一個人冷靜一下。兩隻愛犬洛士和毛毛分別走過來，好像知道他不開心似的，兩隻狗默默躺在他腳旁，一左一右陪伴他。

不知坐了多久，只見妻子拿杯果汁出來給他，坐下說：「雅塔上學了，她比格蕾開心得多。知道格蕾的情況後，我真的不知怎樣照顧她。」

「不要緊張，現在許多孩子都有強迫症和亞氏保加

症。我們放鬆一點，以免格蕾感到壓力。」爸爸想了想說：「我跟老師說格蕾不會有自閉症，但原本亞氏保加症屬於自閉症譜系障礙，我竟然現在才知道。」

「我們不知道的事太多了，現在才知世上有選擇性緘默，我以為喜歡說就說，喜歡緘默就緘默。」

「在聽醫生解釋之前，我都不知道那是什麼，已經緊張起來，想說又說不出問題。」

「我比你更緊張，我怕是做錯了什麼才令格蕾變成這樣。」

「醫生說亞氏保加症會令格蕾變得堅持、固着和專注，這方面我可以協助她。可是，她常常會有孤獨、焦慮和憂鬱的感覺，恐怕我們很難開解她。」

「醫生說這是先天的，與我們的教導方法無關，我們不要自責，以免你又抑鬱起來，變成我要照顧多一個人呀。」

「我們往好的方向看，亞氏保加症的人可以系統化思考、注重邏輯、行為固着、注重與遵守規則、黑白分

明、感覺敏感等等特徵，也不錯呀。」爸爸笑説。

「你明白醫生的解釋嗎？」

「不大明白，不過，網上解釋得很清楚，亞氏保加症在自閉症光譜內。在我們大腦特質的光譜中，自閉症就是最濃的0.5%，而亞氏保加症是0.5%至1.5%。」

「即是怎樣？」

「即是我們的女兒是獨一無二的，只是她的社交能力差，人又固執。」爸爸笑説。

「她會無朋友的。」媽媽難過起來。

「我們永遠是她的朋友，不要勉強她交朋友。由於有這樣的大腦特質，她很難集中精神學習或模仿普通人的社交技巧，人際關係會令她感到疲累。」

「她好孤獨。」

「我們的社會講求社交和人際關係，格蕾注定是特別的。不過，亞氏保加症的孩子往往有特殊的大腦能力，他們可以成為出色的工程師和設計師，自己創業成功的例子也不少。」

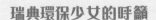

「我只希望她健康成長。」

「她不肯上學，我好擔心。」

「也許，我太少時間照顧她。」

「你剛才說過醫生解釋是先天問題，跟後天成長環境無關，你日日照顧她的結果都是一樣的。」

「我想減輕格蕾的孤獨感覺，我想找出最適合她的方式教導她，讓她發展得更好。」

「人人得到悉心栽培，都可以發展得更好。」爸爸笑說。

「我會學習照顧她，但不知從何入手。」

「我們一起面對。」爸爸輕輕握住妻子的手說。

「我想……」

「怎樣？無論你想怎樣做，我都會支持你的。」

「我想有更多時間留在家裏照顧格蕾和雅塔，我打算推掉所有外出演唱。」

「好呀，我原本也想提出的，但怕你不高興。」爸爸想了想，問：「你這樣放棄四出表演的機會，不會後

悔嗎？」

「不會，」媽媽展示甜美的笑容，說：「為了格蕾和雅塔，我要做個最好的媽媽，做好媽媽是永不後悔的。」

「我們不再僱用保姆，加上節省日常開支的話，我的薪金足夠一家人生活的。」

「我會繼續在本地演出的，只是不去外地。節省一點，還是可以的。」媽媽笑說，看見丈夫皺起眉頭，不禁問：「怎樣？不舒服嗎？」

「嗯，想起格蕾要我食素，但我最愛吃燉肉，好不習慣呀。」

「我悄悄為你煮燉肉。」媽媽笑說：「不讓格蕾知道就是。」

「不可以，答應格蕾吃素以後，就算她不知道，我都不可以再食肉的。」

「嗯，我鑽研素食的營養和烹調方法，讓大家吃到美味的素菜吧！」

「謝謝你為我們放棄你的夢想。」他吻了妻子的臉
龐後說。

「我沒有放棄，我只是暫停外出演出，或者，我有
一天會重新開始四出表演的。」

「你決定就好，我們一起努力，相信一家人會越來
越好的。」

他們對前景充滿信心，保持樂觀，然而，現實的挑
戰在想像以外，格蕾持續不願上學，不願吃東西，整天
躲在房裏，讓父母擔憂不已。

格蕾不上學三個月後，開始拒絕進食，更不願去看
醫生，一下子瘦了幾磅。她原本就是瘦小的孩子，不能
夠消瘦下去，但無論父母給她什麼食物，她都不肯吃，
只肯飲流質營養品和果汁。

父母日日為格蕾擔憂，媽媽躺在牀上輾轉反側，無
法入睡，知道丈夫同樣失眠，跟他說：「可惜世上沒有
媽媽課程，我不知怎樣做格蕾的媽媽了。」

「真是終極噩夢，」爸爸說：「格蕾不肯進食，我

們要帶她求診的。」

「家庭醫生説可以觀察多一陣子，我會努力煮她喜歡吃的東西。」

爸爸為了格蕾絕食的事煩惱不已，輕歎一聲，説：「醫生明明説格蕾智力正常，只不過有亞氏保加症、強迫症和選擇性緘默症。雖然很少孩子是這樣的，但我已經上網研究許多，我們已經努力，她有時肯去看醫生，有時不肯，有時肯食藥，有時不肯食藥。現在突然不肯吃東西，我都不知怎樣做。」

「怎樣才可勸她上學？她停課三個月了，連晚餐都不吃。我拿食物上她的房間，她幾乎沒有吃，只肯飲果汁，有時肯飲營養飲料，有時不肯。」

「記得醫生建議嗎？」

「哪方面建議？」

「他建議我們準備一些話題，讓她有興趣跟我們一起聊天和一起吃東西。」

「她對什麼感興趣？」

「我不知道，她沒有説。」

「我都不知道，我真是失敗的媽媽。」

「噢，」他想起什麼似的説：「我知道，我想起來了，她最關心北極熊捱餓。」

媽媽彷彿也看見了希望，連忙説：「我蒐集北極熊資料，我們跟她談北極熊。」

「我準備地球暖化的資料。」

「她一定有興趣跟我們傾談的。」

「一定。」

無論父母多麼疼愛子女都無法代替孩子生病，他們永遠不知道強迫症發作的時候，格蕾是多麼難受。

她會感到全身沒有氣力，完全沒有動力，好像捱餓至瀕死的北極熊，甚至像沒有電的手機，內心變得漆黑一片，整個世界都變成漆黑一片。

她不想上學，不想進食，不想郁動，整天只是躺在牀上，就像沒有電的手機一樣。

起初是媽媽拿早、午、晚餐給格蕾，然後，在她的

房間逗留，跟她閒聊。不過，與其說是閒聊，不如說是媽媽自言自語，媽媽說的佔了對話的98%，格蕾只有少許反應。幸好，媽媽受過嚴格的聲樂訓練，可以獨自說話一小時而不疲累，也不會喉嚨痛或聲音沙啞。

媽媽每日跟格蕾說動物的故事，留在她的房間一起看大自然頻道的節目，由北極熊說到南極企鵝，格蕾默默聆聽，沒有回應。

日日早午晚三餐在格蕾的房間說話，媽媽感到動物故事快要說完，開始閒聊食物。

跟格蕾說環保談食物不知談了多少天，媽媽依然用心煮出格蕾喜歡的素菜拿上她的房間給她。

「吃點薯條，這天買的薯仔很新鮮，煮成薯條保留薯仔的獨特鮮味和口感呀。」媽媽一邊說話，一邊給格蕾食物，格蕾開始吃一點點。

「我最近看西藏高原的資料，那兒的動物很特別，別的地方沒有的……」媽媽正要說下去，格蕾截停她的話，說：「媽，明天吃早餐才說。」

媽媽開心得雙手顫抖，格蕾很久沒有跟家人一起吃早餐。媽媽深深吸一口氣，努力以平淡語氣說：「明天在飯廳一起吃早餐。」

格蕾點點頭。

媽媽站起來說：「明天才拿碟子下來，你再多吃一點。」

「媽，謝謝你。」格蕾說。

媽媽點點頭，飛快離開她的房間，以免格蕾看見她流淚。她走出房間後，倚在門外默默流淚，心想，只要女兒肯吃東西，無論怎樣做都是值得的。

她在格蕾門外站了好一會，希望可以聽到女兒進食的聲音，但格蕾的房間完全沒有聲音傳出來，她就站在那兒慢慢平伏心情，用衣袖抹乾激動的眼淚，才走到飯廳去。

爸爸和雅塔看見她曾經哭泣的樣子，沒有說話，分別低頭默默吃東西。

媽媽知道他們誤會，輕輕說：「格蕾對我說的動物

事情很有興趣，明天會跟我們一起吃早餐。」

「好呀！」雅塔雀躍地說：「很久沒有跟格蕾一起吃早餐了。」

「我要準備新話題。」爸爸連忙說。

「別緊張，」媽媽笑說：「你說要輕鬆一點的，一家人一起吃東西正常不過。」

「可是，格蕾會吃掉我的乳酪嗎？」雅塔有點擔心地問。

「我買了許多乳酪，你們要吃多少都可以。」媽媽笑說。

「我想快點睡覺了。」雅塔說。

「還未看故事書啊，睏了嗎？」媽媽問。

「不是，」雅塔笑說：「我想快點睡覺，快點到明天，明天我們就可以跟格蕾一起吃早餐。」

爸媽相視而笑，爸爸說：「不用急，格蕾以後都會跟我們一起吃東西的。」

「真的？」雅塔睜大眼睛問。

真的。

事實證明人生總會朝着美好方向發展。格蕾開始一起吃早午晚餐以後，父母不斷聊及環保的話題。格蕾起初只是聆聽，然後發現自己對環保議題越來越感興趣，不斷問自己可以做什麼，開始思考以後，胃口大增，吃沙律的時候享受到蔬果的鮮甜味道。

格蕾開始不滿足於父母的講解，決定自己上網蒐集資料，然後在餐桌參與討論，漸漸變成長篇大論起來。

父母永遠是她的忠實聽眾，聽罷她的想法，會跟她討論細節。雅塔總是悄悄溜出飯廳，寧願獨個兒在客廳看書。

「爸爸，我們可以做什麼呢？」格蕾吃罷晚餐，突然望向爸爸發問。

爸爸呆了一陣子，說：「我們已經做了許多，我們全部吃素啊！」

「吃素是保護環境的，但吃素並不足夠，我們還要有行動。」格蕾說。

　　「也許別人為了環保吃素，我吃素只是為了我的寶貝女兒開心。」爸爸説。

　　格蕾聽到爸爸這樣説，覺得很開心，但不知道怎樣表達，只管説：「我們要為環保努力呀。」

　　「遵命。」爸爸帶笑説。

　　「爸爸，我們的家可以用太陽能嗎？」

　　「可以，我約工程公司安裝太陽能板。」

　　「轉用太陽能，夠環保了。」媽媽笑説。

　　「不足夠的，我們以後騎單車。」格蕾説。

　　「好。」爸爸説。

　　「媽媽，我們以後不要乘搭飛機，乘搭飛機產生大量碳排放，極不環保。」

　　「媽媽不再外出演唱，很少機會乘搭飛機了。」

　　「我們以後去旅行都不要乘搭飛機。」

　　「以後再説。」媽媽笑説。

　　「不，你答應我以後不搭飛機。」

　　「格蕾，我們下次再説。」爸爸輕輕説。

「不，你們答應我以後不搭飛機。」

「不可以，」媽媽溫柔道：「我們以後盡量不搭飛機，但有需要的時候，我們要乘搭飛機的。」

「不，搭飛機不環保呀。」

「格蕾，民航機無論有一個乘客還是一百個乘客，都是同等的碳排放量的。我們乘搭飛機與否，對環境近乎沒有影響。」

「不，我們以後不搭飛機。」

媽媽知道格蕾是異常固執，一定堅持至得到滿意答案為止，輕輕說：「環保不是無形監獄，不用規限不准這樣或不許那樣，我們答應你盡量不乘搭飛機，但有需要的時候會乘搭。」

格蕾不大滿意，但不知怎樣說下去，沒有回答。

「好吧，」媽媽將雙手放在格蕾的肩上，輕輕說：「我並非為環保不乘搭飛機，而是為了我的寶貝女兒而不乘搭飛機。」

格蕾高興起來，說：「我們還可以做什麼？」

爸爸認真思考起來，説：「我們準備換了太陽能接收器，節省能源。」

「還有呢？」格蕾問：「汽車的碳排放也多，我們不要汽車。」

爸爸怔住了，想了好一會，婉轉説：「毛毛和洛士要乘汽車去看獸醫的。」

「我們騎單車，單車最環保。」

「如果爸爸答應你，你可以答應爸爸做一件事嗎？」

「可以。」

「你已經停學多月，準備再上學，好嗎？」

格蕾想了好一會，問：「我不喜歡上學，為什麼學校的環保課總是説溫室效應的禍害，但沒有人教我們解決方法？為什麼讓我們看見北極熊快要餓死，但沒有人去救北極熊呢？」

「也許，老師不知道怎樣解決。」爸爸回應。

媽媽連忙加入，説：「你很久沒有上學，或者，老師已經教到解決方法，只是你沒有上學學習。」

「我不相信，既然學校不知道怎樣解決問題，我為什麼要上學呢？」

媽媽說：「上學學習新學問，老師還會教你們生活上的知識，讓你們學習怎樣解決困難。」

「我可以在家學習。」格蕾說。

「許多環保知識要上學學習的。」媽媽說。

「你對環保有興趣更要上學。」爸爸說。

「地球的未來就靠你呀。」媽媽誇張道。

格蕾問：「我可以推動環保嗎？」

「當然，未來是我們的，但更加是你們的。」爸爸說：「我和媽媽活在地球的時間將不及你和雅塔多，你們為地球的未來努力就是。」

「我上網已經可以學習環保。」

「除了環保問題，學校還會教語文、科學和數學等科目，在學校才可以跟着老師做科學實驗。如果你完全不懂科學，如何談環保呢？」爸爸說。

「爸爸說得對，許多環保報告不易明白，你要保護

環境，就要上學好好學習。」媽媽説。

「嗯。」格蕾回應。

「爸爸和媽媽不斷答應你的要求，你不能答應我們上學嗎？」爸爸説。

「你要保護地球，先要努力讀書。要不然，你根本無能力愛護環境。」媽媽説。

「我會想辦法解決環保問題，好吧，我準備好再上學了。」格蕾説。

「爸爸以你為榮。」爸爸笑説：「人人知道北極熊捱餓，但是沒有人幫助牠們，現在就由格蕾想辦法保護北極熊吧！」

「我會，我會推行全球環保運動的。」

「全球？」媽媽笑説：「你專心推動家裏的環保活動好了。」

「放心去做，爸爸和媽媽永遠支持你的。」爸爸和媽媽跟格蕾擁在一起，媽媽説：「好吧，你要去哪兒推動環保，我們都會支持你，陪伴你的。」

「像毛毛和洛士那樣陪伴我嗎？」格蕾笑説。

「你拐個彎笑我們是陪伴動物嗎？」爸爸笑説：「媽媽比金毛尋回犬和拉布拉多尋回犬漂亮多了。」

媽媽輕笑起來，在客廳看書的雅塔聽到笑聲都走入來，跟大家一起笑。

格蕾知道，她一定可以實踐環保信念的。她不要像現今的成年人一樣，個個説關注環保，個個都是説了就算，沒有行動。

第二章　我們不能規行矩步拯救世界

北歐的夏日氣候宜人，日長夜短，許多人喜愛參與戶外活動。有些人愛到湖區度假，有些人喜歡出街散步，有些小孩騎單車四處去，還有拖狗散步的，整個夏天都讓人有休閒度假的感覺。

北歐有些地區位於北極圈，冬天跟夏天相反，天氣寒冷，日短夜長。有些城市在下午兩三時開始天黑，大家多數留在家裏，漫漫長夜，令不少人感到心情抑鬱。

情緒問題大多由不同因素組成，包括先天遺傳、家人、朋友、居住環境以至原居地的天氣等。氣候變化不但影響環境，還跟人的情緒有關。天氣好的時候，許多人感到心情特別好；要是連續多日暴雨，令人心情大打折扣。

格蕾曾經抑鬱得躲在家裏不肯上學，無論晴天還是

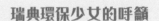
陰天都不願見人，甚至停止進食，將自己一步一步推向危險邊緣。幸好她有全職照顧她的母親，還有關心她的爸爸和妹妹，加上她開始沉迷環保議題，才可以合力將她從抑鬱的黑暗邊緣拉上來。

她永遠記得爸爸説：「有問題向人求助並非懦弱，而是勇敢。」

格蕾跟其他自閉症孩子一樣，喜歡獨自鑽研感興趣的特殊議題，決定後就不會改變，甚至害怕改變，改變會令自閉症的人不知所措。有些孩子沉迷研究地理、天文、觀星或火車時間表，格蕾就專注研究保護環境的方法，然後發現數十年來，許多科學家和名人都已提出減低污染地球的方法，但各國政府沒有理會，地球污染日趨嚴重。大家聽得太多，漸漸不當一回事。她知道要實踐環保，不能重複以前的人做過的事。

媽媽看見格蕾的抑鬱狀況不斷改善，鼓勵格蕾實踐自己的想法，經常跟她説：「我們永遠愛你，你放膽做自己喜歡的事。」

　　格蕾很高興，她相信自己有能力影響別人，可以為世界帶來改變，但是不知道可以怎樣做。她倒有自知之明，知道自己是微不足道的中學生，那麼多科學家和名人無法改變的事，她並非狂妄得認為自己可以改變，看的資料越多，越是對推行環保充滿無力感。

　　爸爸發現格蕾的情緒起伏很大，嘗試用不同方法開解她，甚至在花園開闢菜田跟她一起種菜。

　　在陽光普照的下午，爸爸一邊埋下種子，一邊說：「一粒種子會變成一棵菜、一朵花、一株樹以至參天大樹。我們不一定要做大事，我們為環保做的每件小事，最終都會對地球有好處的。」

　　「不，我要用行動推行環保。」

　　「等你長大後才做吧！」

　　「不，我不想變成只說不做的大人。為什麼大人的世界認知不協調、說一套做一套？」

　　「大人有大人的難處。」

　　「為什麼那些學者名人就是開會，然後發表意見，

但始終是什麼都沒有改變?」格蕾說,然後近乎重複一遍的再說:「為什麼那些學者名人還有總統政客全部都只識開會,他們每年開會,各自發表意見,然後好像什麼都沒有改變?」

「我們種菜,」爸爸轉話題說:「遲點可以吃自己種的菜。」

「如果溫室效應這麼重要,電視、報紙應該要天天討論,我們應該見面聊天就要講一下,討論怎麼督促政治人物降低碳排放才對。」

爸爸想說這些議題討論了數十年都無結果,大家都不想說了。

格蕾說:「全球暖化、溫室效應會帶來災難⋯⋯」

爸爸見女兒難過得說不下去,不理手上的泥骯髒,保持蹲下的姿勢抱住格蕾說:「不用難過,我們先實踐環保生活,你多點跟毛毛和洛士在花園玩耍,地球不會突然毀滅的,慢慢來。」

格蕾抱住爸爸的肩膀,為地球的未來傷感。

　　春天的氣候乍暖還寒，格蕾忙於看蔬菜生長速度以外，依然留意環保課題。她發現有報社以氣候暖化為題徵文，決定寫文章投稿。那是她最熟悉的題材，寫來得心應手。

　　大家知道格蕾第一次投稿，全家人都留意選登徵文的日期。

　　爸爸從劇團下班後，順道買份報紙回家，看見報紙刊出女兒的文章，開心得不得了，連忙跟妻子說。兩人將格蕾的文章看了又看，比自己的投稿獲選更開心。

　　「快點跟格蕾說。」媽媽笑說。

　　「不要太快讓她知道，」爸爸說：「我們讓她緊張一陣子，跟她說找不到她的文章。」

　　「你這樣捉弄她，要是惹她生氣，後果自負。」

　　「我們不能太過保護她，讓她嘗試一下失敗的滋味也好。」

　　媽媽做個沒好氣的表情，繼續煮一家的晚餐。

一家坐在餐桌吃晚餐的時候，爸爸說：「我買了報紙回來。」

「爸爸不是訂閱網上版嗎？」雅塔問。

「今日刊出徵文獲選的文章，有許多人投稿，但只有三篇入選。我要看看可有格蕾的。」爸爸說。

格蕾神情緊張起來，想問結果又不敢問。

雅塔看見格蕾的模樣，想取笑她，又怕她不開心，轉頭問爸爸：「有格蕾的文章嗎？」

「找不到啊，」爸爸一臉沮喪道：「晚餐後，我們一起再找。」

格蕾的自信心就像汽球被針刺中似的，整個人失去氣力，不想再吃東西。

「如果沒有選刊你的文章，你就不推廣環保嗎？」媽媽問。

格蕾想了想，搖搖頭。

「我們一起在報紙找你的文章，一定能找到的。」雅塔說。

格蕾點點頭。

爸爸說：「好好吃晚餐，然後，一起看報紙。」

格蕾放鬆心情吃東西。這一刻，她知道無論報館有沒有選登她的文章，她仍然會將愛護地球的想法化成實際行動。

爸爸將報紙分開幾張給大家看，格蕾手上的正是氣候暖化的文章。

格蕾先看見熟悉的題目，那是跟她投稿的文章題目一樣的，然後，看見自己的名字在報紙出現。首次看見刊出自己的文章，讓格蕾激動不已，直至雙眼看東西都有點模糊時，才知太開心會開心到流淚的。

媽媽走去抱住格蕾說：「文章寫得很好，我和爸爸都以你為榮。」

爸爸走近擁抱妻女，雅塔扔下手上的報紙，跑過去說：「我又要抱。」

格蕾在父母的懷裏又哭又笑，知道自己邁出了推廣環保旅程的第一步。

當地的環保組織看過報紙刊出格蕾的文章後，約她開會，讓一起推動環保的年輕人聚集起來，希望集眾人的力量，能夠阻止溫室效應惡化下去。

格蕾很緊張，早上起來，花很長時間梳好辮子才出外，還要像準備演說似的，寫了長長的文章放在袋裏，才出門騎單車去聚會。

開門的是架上眼鏡的大學生，友善地朝她一笑，跟她打招呼後，帶她到大廳跟其他參與者會面。

格蕾坐下來，沒有留意其他人的模樣，只是憂慮自己能否清楚說出意見。

大家分別發言，格蕾聽了只覺得他們全是重複前人的做法。

「我覺得可以到中小學宣傳和推廣環保餐具，不要再用膠刀膠叉。」

「我們可以在互聯網開青少年頻道談環保。」

「我們可以聯絡科學館，定期展示地球暖化帶來的禍害。」

　　格蕾像局外人似的聆聽他們的建議，主持留意到她全程沉默，朝她說：「你有什麼想法？」

　　「我認為可以推行中小學生罷課抗議。」格蕾說。

　　全場即時靜下來，看來是大學生的與會者說：「我不贊成。學生要上學，不能隨便罷課的。」

　　「我們是要推動環保，不能破壞校規的。」另一與會者說。

　　格蕾有點兒緊張，原本想說的話都無法說出來，她知道是選擇緘默症發作。許多人誤會患者是選擇緘默，如果是主動選擇就不是症候。那種苦況只有患者自己知道，那是心中充滿想說的話，但突然無法說出來。尤其是面對陌生人的時候，好像被無形的手掩住嘴巴，明明想說，但一句話都說不出來。

　　最初開門的戴眼鏡青年說：「格蕾，嗯，我可以這樣喚你吧？」

　　格蕾點點頭。

　　「你不用緊張，我們都比你大一點，考慮會周詳一

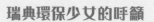

點的。我同樣不贊成罷課。」

　　格蕾望向他們，深深地呼氣，然後深呼吸，好像將能量儲回身體後，說：「我認為罷課是可行的。」

　　有幾個青年搖搖頭，穿環保布料裙子的女生說：「我不能罷課的，你為什麼堅持罷課呢？」

　　格蕾想起她早已準備的資料，深深吸一口氣，說：「我最近看新聞，由於美國有太多校園槍擊案，美國的高中生發起抗議行動，要求政府實施槍械管制。」

　　「美國可以，不等於瑞典可以。」穿環保布料裙子的女生說。

　　「不能比較的，我們不宜照做。」比較沉默的與會者加入討論。

　　「罷課會有後果的，中小學生罷課違反校規的。」眼鏡男生說。

　　「數十年來，許多人守規矩推動環保，但完全沒有人理會呀！」格蕾說。

　　「我不認為罷課可行。」不同的與會者紛紛表達近

似的意見。

格蕾點點頭，沒有再說話，默默坐在那兒，靜靜等候散會，然後離開。

亞氏保加症的孩子黑白分明，他們的思想世界容不下灰色地帶。即使全部人反對，格蕾依然相信中小學罷課是可行的。在格蕾的世界是沒有退路的，沒有一人讓一步的選擇，只有做，或者不做，非黑即白，沒有中間路線。

回到學校，她跟朋友說出計劃，得到的回應同樣是否定的。

「我不能罷課，媽媽會罵我的。」鄰桌同學說。

「我喜歡上學啊。」成績最好的男生說。

「我怕老師責罰。」怕事的同學說。

「罷課無用的，你不要做呀！」運動健將說。

「我們多加宣傳就可以，不用罷課啊！」數學天才同學說。

格蕾聽見所有朋友都反對，根本沒有一個人贊成，

不禁思考起來。她並非思考做或不做，而是思考怎樣可以一個人罷課。

　　北歐由春季到夏日都是美麗的，天朗氣清，綠草如茵，繁花似錦，讓人感到活在世上真好。然而，這一年的北歐夏天是北歐有紀錄以來最炎熱的，格蕾想起北極熊一定過得很辛苦。北極的冰塊不斷融化，冰天雪地的面積一再縮細，食物鏈最底層的北極蝦數量大減，令到食物鏈的每層動物都減少了食物，北極熊更難覓食，生存機率越來越低。想到這裏，格蕾為北極圈的動物感到心痛。

　　由於氣候異常炎熱，北歐森林大火一發不可收拾，難以撲滅，令格蕾決定真的要開始行動。

　　「我要罷課示威抗議。」格蕾跟爸媽説。

　　「一個人？」媽媽不無驚訝反問。

　　格蕾點點頭。

　　爸媽用了許多時間苦勸格蕾放棄罷課，但是格蕾沒有理會。

「沒有學校容許學生罷課的。」爸爸説。

「我不用學校批准。」格蕾説。

「這樣是犯校規的，」媽媽説：「影響你將來升讀大學的。」

「我不介意犯校規，我們不能透過規則來改變世界，因為規則本身必須改變。」格蕾語氣堅定説。

「沒有父母贊成子女罷課的。」媽媽説。

格蕾沒有回應。

「我們沒有贊成你罷課，只是不能反對。」媽媽無奈説。

「你一個人去抗議？」爸爸問：「爸爸陪你一起去好嗎？」

「不，你不是學生，不能罷課。」格蕾笑説：「讓我一個人行動。」

「沒有同學一起罷課嗎？」媽媽擔憂問。

「我知道組織一班人一起行動較好，但我無法勸服別人參與，也欠缺組織能力。我決定由自己開始，就這

樣一個人站出去。」

「先前不是有個約你會面的環保組織？那裏有人參加嗎？」爸爸問。

「他們要守規則。」格蕾説。

「你不怕辛苦嗎？」媽媽問。

格蕾搖搖頭，以堅定眼神望向父母。

父母知道格蕾決定要做的事一定會做，她不會改變的，只好放手讓她去做。

格蕾在國會大選前三星期，每天六時起牀梳洗，梳好她的孖辮，騎單車到國會大樓去。

她在政客出入的大門附近靜坐抗議，希望參與大選的候選人可以留意全球暖化危機，要求瑞典政府根據巴黎協議減低碳排放。

她站在那兒手握寫上「為環保罷課」的紙牌，將預先製作的一疊傳單逐張派發給途人，上面寫着：「我這樣做是因為不滿你們成年人正糟蹋我的未來。」

格蕾的父母雖然不認同她的做法，但不得不讓她嘗

試，既心疼又緊張女兒。

媽媽每天為她準備午餐餐盒，爸爸偶爾走近國會大樓，遠遠觀察格蕾是否安全，靜靜保護她而不打擾她的行動。

第一天靜坐時，許多途人向她投以奇怪的目光。

格蕾想起跟老師預告過路人的冷漠。當她跟老師表示要罷課時，老師說：「你不必罷課，大家可以用其他方法支持環保的。」

「不，沒有人理會我們的聲音。我要從政的人知道我們需要環保。」

「如果有陌生人嘲笑你的做法，你怎麼辦？」

「我會繼續。」

「你的父母贊成嗎？」

「他們沒有反對。」

「我明白了。老師同樣不贊成你這樣做，不過，你要堅持的話，我們沒有意見。」

當格蕾想起老師說會有人嘲笑她時，剛巧有路人取

笑她說：「回家吧，你以為自己是女王嗎？誰會理會中學生意見？」

「別坐在這兒，回去上學吧！」有個胖胖的女人大聲說。

「走啦！你似乞錢呀！」看來是賭輸錢的男人喝罵格蕾。

「走吧，小孩做小孩的事，環保工作自然有大人去做。」有個老伯伯說。

格蕾沒有理會他人的目光和說話，每日為抗議行動忙碌十多小時，每晚都倦極睡去，第二天清晨六時起來，梳好孖辮，然後騎單車去國會大樓，就這樣一個人罷課兩星期。

第三個星期首天，格蕾來到國會大廈，看見一個中學生已站在那兒，他手持的紙皮寫上「別摧毀我們的未來」。格蕾站在他身旁，沒有跟他說話。

男生突然問：「你不認得我嗎？」

格蕾望向他，搖搖頭。

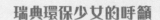

「我是拉維爾呀，」男生說：「我們一起看北極熊片段一起喊的。」

格蕾微笑，說：「嗯。」

拉維爾知道格蕾不喜歡說話，也不多說，只是跟她一起罷課。

第十六日，格蕾來到國會大廈的時候，發現回復自己一個。她開始派傳單，然後站在那兒，希望去開會的政客都看見她。

第十七日，格蕾在固定位置站了不久，看見拉維爾和兩個女生一起走來，她認得卡琳，另一個不認識的。

卡琳看見格蕾，顯得很高興，走上前笑問：「認得我嗎？」

格蕾微笑點頭。卡琳笑說：「熱死人啊，現在的天氣應該清涼的，今年的天氣實在太熱，北極熊一定更辛苦了，我們要為地球的未來努力。」

拉維爾說：「這是我們的中學同學德洛麗斯，她想加入反對氣候暖化。」

Greta

Follow

2099 likes
#FridayForFuture

　　格蕾點點頭，心裏為多了三個人一起罷課而高興，但沒有從表情顯露出來。

　　最後幾日都有不同的學生加入，然而，格蕾的罷課行動對國會選舉完全沒有影響。不同派別的候選人就不同的政治議題辯論，但沒有再談氣候暖化，因為環保是老舊題目，不必提出來再討論。

　　政客有政客不理會，格蕾有格蕾繼續罷課。她用紙牌提出要求，希望各候選人關注氣候變化，讓全國民眾一起參與環保，由國家政策開始減少碳排放，將全國實踐環保重新納入議會議題。

　　格蕾的抗議跟政客的行動仿如兩條平行線，雙方沒有交匯點。大選如期進行，格蕾每日抗議告一段落，改為逢星期五罷課，每個星期五風雨不改前來靜坐。

　　在網絡年代，她的罷課行動在網絡上的搜尋關鍵詞是#FridaysForFuture #星期五救未來。

　　開始時得格蕾一個人罷課，然後有拉維爾、卡琳、德洛麗斯、奧洛夫、瑪德蓮和一些格蕾的小學同學和中

學同學。先前反對罷課的戴眼鏡青年加入，還有穿環保布料衣物的女孩，更有一些格蕾認識但忘記名字的人加入。然後，開始有許多格蕾從來不認識的學生在星期五參加罷課，走過來跟她一起靜坐。

瑞典的學生紛紛在社交媒體張貼靜坐照片和宣揚環保理念後，許多北歐學生開始在自己的城市參與星期五罷課，然後是整個歐洲、美洲、澳洲以至亞洲各地不同城市都有中小學生參與格蕾發起的星期五罷課。

跟格蕾一起參加星期五改變世界行動的年輕人越來越多，在大人不願行動的年代，青少年表示他們會在地球逗留更長時間，他們要求從政的人聽到他們的呼籲，以行動改變世界。

格蕾一直跟同路人分享她的信念，她像大部分自閉症人士一樣習慣重複，經常說：「我們不能靠循規蹈矩拯救世界，因規則本身必須改變。」

有新加入的女孩跟格蕾一起罷課時，低聲問她：「我們可以守規則嗎？爸爸教我要守規則的。」

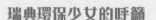

「不，我們要一併改變規則，」格蕾回應：「如果規則有用，世界已經變好，而非碳排放越來越多，環境污染不斷惡化。」

「除了罷課，我們還要破壞規則嗎？」

「不，我們是在改變規則，我們要改變法律來保護環境。」

「我們會被捕嗎？」

「我不知道，我們罷課，我們遊行，我們要求各國政府改變。」

「我有點害怕。」

「我們為愛護地球站出來的，我不害怕。」

「我們真的可以改變世界？」

「凡事有可能。」

「人人說你有強迫症和亞氏保加症，為什麼你可以跟我這樣對話？」

「我還有選擇沉默的問題，不過，我發現我可以改善的，凡事有可能呀。」

「你可以選擇說或不說嗎？」

「不，我想說的時候反而說不出來，但我有努力練習，已經好多了。現在，你跟我說環保的話，我可以說下去的。」

「你比我擅長社交呀。」

「如果我跟其他人一樣擅長社交，我可能會發起一個組織。但我覺得處理人際問題太困難，只好選擇做適合自己完成的事情。」格蕾重複她的觀點。

「沒有組織？」

「沒有。」

「每個星期五出來罷課，我怕成績退步。」

「我們要更加努力讀書的。」格蕾說：「我每日為環保工作十二至十五小時，但我仍要保持全班前五名的成績。」

「辛苦嗎？」

「不，一點都不辛苦，我最辛苦的時期是不想上課，甚至不想吃東西的。」

「不讀書反而辛苦？」

「嗯，辛苦起來就好像手機沒有電，全世界變得黑暗，什麼事都做不到。」

女孩聽罷，想了想說：「你看起來像有無窮無盡的精力呀。」

「為了堅持信念，我會努力的。」

「你會轉換髮型嗎？」女孩問：「現在很少人紮辮子的。」

「不。」

「我們罷課會令政客改變嗎？」

「爸爸說，種下種子後，可能會種出一朵花或一棵樹。」格蕾以肯定語氣說：「前提是我們先要播種，先要行動，才知結果怎樣。」

女孩明白過來，跟格蕾輕擁一下，說：「我都會努力的。」

女孩比之前更努力讀書，以免成績退步，才可說服父母讓她參與每個星期五的罷課。

　　一個又一個的星期五過去，北歐由夏天轉入秋天，北方的秋天近似亞熱帶地區的冬天。即使沒有下雪，天氣已經有點寒冷。不過，天朗氣清的下午氣溫依然令人感到舒服，更加讓人喜歡沐浴在陽光之下。

　　在清涼的下午，格蕾應邀到鄰國芬蘭參與環保大遊行。格蕾的行動不但影響瑞典的學生，連歐洲的學生都受她影響，紛紛邀請她參加當地的環保行動。

　　格蕾在適宜遊行的好天氣來到芬蘭參加遊行，遊行人數創下芬蘭有史以來最多人參與的環保遊行紀錄。他們並非為自己走出來，而是為全世界的人而走出來，參加的人都關心氣候暖化議題，同時關心地球和下一代的福祉。

　　格蕾站在台上向過萬羣眾發表演說：「許多人害怕改變，規行矩步，害怕一直以來遵守的規則有變，多於害怕氣候危機。即使氣候危機越來越明顯，許多人依然選擇視而不見。」

　　羣眾望向瘦小的格蕾，難以想像十五歲的亞氏保加

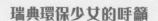

症少女可以如此清晰表達理念，有人大喊：「你真是有自閉症嗎？」

格蕾聽到觀眾的問題，望向台下專注的羣眾，深深呼吸一下，繼續說：「我有亞氏保加症，那是自閉症譜系障礙之一，患者普遍都會擁有特殊的興趣。當我九歲時，我就對氣候變化產生了濃厚的興趣。我的腦海對氣候暖化議題產生強大的推動力，我一定要搞清楚這些問題，氣候轉變和氣候暖化危機就是我的特殊興趣。」

觀眾沒有想過自閉症的人可以清楚表達想法，開始以掌聲鼓勵她說下去。

「我有自閉症特質，我有強迫症和選擇緘默症，」她看見不少觀眾流露惋惜的神情，微微一笑，接着說：「我認為一切是上天的恩賜，這是上天給我的祝福，讓我的大腦跟正常人有些不同。這些差異帶給我黑白分明的世界。我沒有一般人的思考灰色地帶，跟別人不一樣的大腦是我的動力來源。我知道要做的就一定要做，這讓我有行動與堅持的力量。」

　　觀眾掌聲雷動，格蕾沒有驕傲自大的感覺，只是深深吸一口氣，說：「你和我現在可以改變的，我們現在可以做到的，遠多於我們未來可以扭轉的。如果我們現在開始實行保護環境，將來我們和我們的孩子就不用面對嚴重污染的地球。如果我們現在不做，將來就難以扭轉。我相信，有一日我的孩子和子孫會問我，為什麼沒有趁二〇一八年還來得及的時候採取行動。你的孩子和子孫一樣會這樣問你的。」

　　有些人在台下低聲議論，他們知道實踐環保刻不容緩，彷彿人人知道要做些什麼，但大部分人不知道由哪兒開始。

　　「我們要問每個政客，為何你說你愛你的孩子高於一切，卻在他們眼前偷走屬於他們的未來？」

　　觀眾點頭認同，格蕾再說：「如果所有政客不關注已經來臨的事實，溫室效應會令地球災禍頻生，那麼，我們還要在學校裏學習些什麼？我為什麼還要學習？」

　　有些觀眾歡呼讚好，有些人附和大喊：「我們為什

麼還要學習？」

「我請求大家正視氣候危機，給予我們一個美好的未來。」格蕾大聲呼籲。

「怎樣做？」有人高聲發問。

「我們一起罷課，我們不能守校規守法律。我說過很多遍，我們不能靠循規蹈矩拯救世界，我們不能依靠現有的規則去改變世界，因為我們正正要改變現有的規則。」

格蕾說罷，全場掌聲雷動，讓她有點不知所措。她並非久經訓練的政客，而是中學生，她一直憑藉內心的信念驅動她宣傳環保。此刻，她知道自己做的事是正確的，和應她的人一定越來越多的。

她的星期五罷課行動，將一百二十多個國家的學生聯繫起來，讓她的孤獨行動變成世上最多學生參加的環保行動。

秋去冬來，冬天的星期五下午已經開始天黑，參與罷課的學生正想離開的時候，格蕾看見一個穿黃色大褸

的少女走近。

　　她覺得那個少女有說不出的親切感，但就是想不起她是誰。

　　少女參加罷課。她坐下來，拿出她的文具放在面前的地上，將鉛筆放在右邊，然後放藍色原子筆和尺子，最後拿出膠水放好。少女默默坐在那兒，沒有跟任何人說話，沒有望向別人，也不喜歡別人望向她。

　　格蕾開心得眼泛淚光，即使站在寒風之中仍感到溫暖。她知道，在環保行動裏面，沒有人會感到孤單的，人人平等，大家朝着共同目標進發，一起為未來努力。

✦ 第三章　別透支我們的未來 ✦

近數十年來，科學家不斷以數據和實地考察證明全球暖化。比方說，全球冰川冰原高速融化，冰塊融化變成水流入海以後，會令全球水位不斷上升。全球有不少低窪地帶被海水淹沒，原本有人居住的島嶼更沉沒入大海。近年有些太平洋小島已經疏散居民，島上原有的民居、學校、醫院和市集等，都已淹浸在大海汪洋，變成魚蝦蟹等海洋生物的新居所。

為了阻止氣候變化加劇，各國政府應該及早執行環保政策。然而，面對各地政府的不作為，世界各地的人只能團結力量向政府施壓。

全球一百二十多個國家的青少年受到格蕾的環保行動感召，各自在家園發起環保活動。住在瓦努阿圖太平洋島嶼、所羅門羣島和基里巴斯羣島的青少年開始為維

護家園努力，他們參加罷課，不想看見全球水位繼續上升以後，他們的國家會沉入大海。學生罷課高喊口號：「我們不會沉沒！我們不會沉沒！我們為家園奮鬥。」

相對於一般細小的島嶼，澳洲可以說是恐龍似的巨大島國，即使四面環海，都不會擔心整個澳洲隨水位上升而消失。然而，澳洲因全球氣候暖化帶來的壞影響其實也不少。

當全球暖化令海洋水位上升，加上海水溫度上升令珊瑚大量白化死去的時候，澳洲學生從網絡世界看見瑞典學生格蕾的星期五罷課，她由一人罷課開始，漸漸變成全球環保運動。澳洲學生紛紛參與她的罷課活動。住在墨爾本的中學生泰迪很喜歡看格蕾的演說，決定發起罷課。起初同樣是一個人的行動，他獨個兒站在政府大樓外，舉起標語：「海洋水位上升，我們要站出來」。他還印了一些珊瑚礁污染的單張派給途人，希望更多人關注氣候暖化。

澳洲位於南半球，季節跟處於北半球的瑞典相反。

當瑞典人在冬天看雪的時候，澳洲人正進行炎夏活動。在瑞典夏天的時候，澳洲正值冬天。所以，澳洲從來沒有白色聖誕，澳洲的聖誕老人可穿泳裝派禮物。地球上大部分地區的學生放暑假的當兒，澳洲學生放的應該是寒假。

看見泰迪發起罷課後，喜歡潛水的少年法蘭克最先加入星期五罷課行列。他和泰迪聯手組織罷課團隊，希望向政府施壓，要政府實施一系列環保措施，推廣再生能源，減少用石油，減低碳排放，以免海水溫度上升，令珊瑚礁的珊瑚大量白化死去，影響整個海洋生態。

泰迪和法蘭克聯繫全國學生參與，讓大家在自己住的地區組織手機的環保羣組，安排地區行動，然後再由核心成員的羣組，讓大家商議大型活動的方向。

開始周五救未來罷課後，泰迪不禁猶豫起來。他不知道應否發起全國環保罷工和罷課，先在核心羣組跟組員商議：「我們要阻止氣候暖化，但許多行動已經有人做過，我們要繼續組織一次大型罷工和罷課嗎？」

法蘭克寫：「許多人做過都可以做，有效就是。」

「天氣持續炎熱，我們要及早行動了。」組員珍妮花寫。

「對，海水升溫不是未來的事，而是存在了十多年的危機。」法蘭克寫。

「先前潛水，我見大批珊瑚白化死掉，現在的珊瑚礁快變海洋生物墳場了。」組員祖迪寫。

「我潛水那區一樣，好可怕。」泰迪寫。

「我們要組織大遊行嗎？」法蘭克寫。

組員莎莉寫：「我贊成大遊行，我們可以邀請格蕾參加遊行和演說，好嗎？」

「我贊成大遊行，但不要邀請那個瑞典虛偽女生，我不喜歡她。」組員盧卡斯寫。

「要是沒有她，我們不會實踐對抗全球氣候暖化的活動。」組員威廉寫。

「太多人讚她，但是她不值有得那些讚賞。」組員茱莉寫。

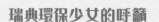

「我喜歡她，我就是因為她才參加罷課的。」組員夏綠蒂寫。

「媽媽說格蕾演說的表情太誇張，她認為格蕾有點虛偽。」組員貝理奧寫。

「格蕾有自閉症，所以才沒什麼表情呀。」組員奧利維亞。

「她不是自閉症，她有亞氏保加症、強迫症和選擇緘默症。」法蘭克寫。

「不是一樣嗎？」組員奧利維亞問。

「你上網搜尋就知道分別。」法蘭克寫。

「一樣的，亞氏保加症是自閉症譜系障礙之一。我同樣有亞氏保加症，簡單界定為自閉症，我因為格蕾才參加罷課的。」夏綠蒂寫。

「我們要邀請她嗎？」組員域奇問。

「我不贊成邀請她，因為我們沒有錢。」泰迪寫。

「對，由瑞典來澳洲的機票好貴。」奧利維亞寫。

「她公開表示一家人不會乘飛機，因為飛機的碳排

放最高。」祖迪寫。

「她可以走路來。」組員盧卡斯寫。

大家都傳送哈哈笑表情符號，還有一些無聊搞笑的公仔。

「夠了，我們決定不邀請格蕾，現在先決定大罷工和罷課的日子。」法蘭克寫。

「我覺得秋天比較適合。」組員美亞寫。

「好呀，寒假之前，三月的氣候比較舒服。」夏綠蒂寫。

「就決定三月吧，不太熱也不寒冷，大家分開宣傳一下。」泰迪寫。

「我們預算有多少人參加？」奧利維亞問。

「三月，應該有三千人吧？」泰迪寫。

「我希望有三萬人參與。」法蘭克寫。

大家你一言我一語的估計人數，不斷討論，偶爾搞笑，大家由三月有三千人參加遊行說起，然後數到三萬人、三十萬人和說笑的三百萬。然而，沒有人想到事實

是超過三十萬人參加，包括兒童、青少年、陪同孩子的父母以及不同階層的示威者。他們參與關注全球氣候暖化大罷工和罷課，向政府傳遞清晰的聲音。

可惜，澳洲政府並沒有理會國民對環保的呼聲，也沒有及時為保護環境而努力，無法避免幾個月後的山火大災難。各地政府往往以經濟為理由否決環保政策，但當環保災難來到之時，國家的經濟損失只會更大，大家變得更窮。

由上世紀七十年代開始，不少科學家發表報告，指出全球暖化除了令全球海洋水位上升外，還會令颱風增加以至風勢加劇變成風災，甚至地震和海嘯頻密出現。也許聽得太多，許多人以為那些是幾百年後才出現的生態災難，沒有想過災難已在眼前。

泰迪看見海倫娜在馬德里氣候會議談論亞馬遜熱帶雨林大火的時候，沒有想過澳洲同樣有可能出現災難級山火。

原本每年都有天然因素而來的小型山火，但是，全

球溫室效應會令山火更難撲滅。森林樹木被燒成灰燼以後，全球氧氣質素會進一步下跌，各種天災更多。

格蕾應邀出席馬德里舉行的氣候高峯會的時候，遇上比她大一歲的海倫娜，她是亞馬遜人，讓格蕾想起電影的神話。如果她喜歡閒聊的話，一定問海倫娜可知道神奇女俠來自亞馬遜國度，但她不喜歡聊天，只覺海倫娜的發言實在出色。

電影中的神奇女俠在亞馬遜女兒國學得武藝高強，活在現今世界的海倫娜雖然家鄉在原始森林，但她接受西方教育，懂得多國語言。除了保護環境外，海倫娜更為故鄉所有致力保護環境的女性發聲。她維護原居民傳統，並稱自己是首次起義的女孩。

跟瑞典的格蕾所看見的世界不一樣，海倫娜反對全球氣候暖化的焦點，是世人彷彿忘記亞馬遜熱帶雨林。即使亞馬遜熱帶雨林大火燒了幾個月仍未熄滅，差不多燒掉等同整個國際城市香港面積的原始森林，卻沒有多少人關心。

　　海倫娜發言希望更多人關心亞馬遜火災，說：「我們的未來受到威脅，我們星球的未來同樣不樂觀，亞馬遜熱帶雨林大火，我們的世界正陷火海。」

　　參與討論的土耳其青年附和海倫娜的見解，為全球暖化感到憂慮而發聲：「氣候變得極端無常是威脅生命的危機，我們應遠離化工石油燃料，提高能源效率，減少消耗。否則，全球生命將面臨巨大危機。」

　　另一個參與會議的少年公開資料顯示巴西政府過度伐木，亞馬遜熱帶雨林大火前一年，遭砍伐面積已超過三千八百六十平方英里，為近十年非法和合法砍伐樹木的新高。

　　格蕾由他們的發言留意到，巴西政府對亞馬遜熱帶雨林大火漠不關心。她呼籲世界各地的人到巴西領事館門前集會，抗議政府不斷發展農業和礦業，卻不肯投放資源保護生態環境。

　　海倫娜更關心部落原住民遭盜伐者槍殺事件。原住民為保護森林努力，但政府沒有積極制止盜伐者非法砍

伐樹木。

格蕾在社交媒體直指，原住民試圖制止非法盜伐森林卻遭謀殺，國際社會對這類事件噤聲是可恥的。

雖然亞馬遜熱帶雨林每年都有大火，但近年火勢漸趨失控，因為開闢農地和伐木，加上政府沒有制止非法伐木、大量砍伐木材，令熱帶雨林面積不斷減少。沒有參天樹木阻截山火，火勢一發不可收拾。

在南美洲曾任環保部長的環保人士認同海倫娜和格蕾的宣言，他維護青少年力量並表示：「年輕人要求我們一起支持他們，當青少年提出成熟合理的要求時，成年人憑什麼拒絕呢？」

然而，拒絕聆聽青少年聲音的人並不少。巴西總統尤其討厭格蕾的質疑，形容她是無知的小女孩。在他執政下，亞馬遜熱帶雨林遭過度伐木，曾有負責任的公務員否定總統的做法，極力制止他傷害大自然，但他一意孤行，甚至解僱勸止他破壞環境的人。

所以，即使堂堂一國總統批評他國的中學生，許多

人依然站在被稱為「無知小孩」的格蕾的一方，認同亞馬遜熱帶雨林大火原是天災，但燒到失控就是人禍。

除了批評巴西政府外，格蕾還在環保會議批評各國領袖裝模作樣，為不作為的政客生氣。

泰迪在互網看到她的兩次參加會議的演說，不時跟在場觀眾一起鼓掌，尤其聽到她說：「每個領袖都好像為環保忙碌，個個看來在尋找整體解決方案，然而，這些方法最終已變成讓各國掌權者鑽營和協商漏洞，好讓各自逃避責任。」

泰迪在羣組寫：「你們開這連結看看格蕾的演說，講得真好。」

夏綠蒂寫：「早已看過。」

「爸爸説，個個政客都説環保，但他們最耗電。」馬田寫。

「老師説曾有美國副總統積極推動環保，不過，他住在很大的房子，每天耗電量極高。」奧利維亞加入。

「格蕾的家裏裝了太陽能板，她們一家人的耗電量

極少。」泰迪寫。

盧卡斯寫：「不過，從她放上社交媒體的照片可見他們一家作風奢華，不見得環保。」

「我想大家看她演講的內容而已，或者，我們都要準備公開講話。」泰迪寫。

「說得對，我們每個人都要學習公開說出自己的見解。」法蘭克寫。

各人打出自己的見解。泰迪一邊看群組對話，一邊打字，將他最認同格蕾的講話給組員看：「我相信最大的危險並非各國政府無所作為，真正的危險是，各國政府只有聰明的算計和有創意的公關手段。許多政客和企業總裁讓外界相信他們正在採取實際行動，但事實上他們幾乎沒有做任何事。」

「她是說，假的環保政策，比完全沒有環保政策更危險嗎？」域奇問。

「我看是這樣。」奧利維亞寫。

「我們的政府有實際政策嗎？」域奇問。

「要不是她提醒，我沒有留意政府喊窮，正要削減環保支出。」泰迪寫。

「有科學家説，全球水位上升兩吋的話，大部分近海的城市都不能居住了。」法蘭克寫。

許多組員用驚慌的表情符號回應。

格蕾父親陪伴女兒參加氣候高峯會，每當看見女兒情緒不穩定的時候，就會帶她到美味的素食店，陪她吃晚餐。

「不要太緊張，大家都表現得很好，各地政府會聽到你們的聲音。」爸爸説。

「不，我很憂慮。」格蕾皺眉道。

「輕鬆一點，」爸爸説：「海倫娜和那個少年……嗯，我一下子忘記了他的名字，他們的演説同樣能打動人心。」

「你察覺到嗎？各國代表的承諾與真正負責任做的截然不同。有些富裕國家誓言要減少他們的溫室氣體排

放量，但他們是誤導公眾的，整體碳排放量根本沒有減少。」

「放鬆一點，別說在你出世之前，就算在我活在地球之前，已經有科學家提出氣候變化問題，但一直沒有人理會，政客不會因為你而改變的。」

「我要告訴他們那些是空泛的承諾，乍聽之下也許令人印象深刻，但不是真正改變環境的。」

「前來參加會議的政客對環保算有心，你看美國總統退出巴黎氣候協議。」

「即使他們的意圖是好的，他們也不是領導民眾，而是誤導公眾。」格蕾咬牙切齒地說。

爸爸笑起來，轉移話題說：「生氣的時候吃晚餐會消化不良的。」

「不願意實踐環保政策的政府在透支我們未來的資源，他們真是豈有此理。」

「慢慢來吧，我和媽媽和雅塔都支持你的。」爸爸肯定地說。

格蕾笑起來，開始吃她的牛油果沙律。

在爸爸眼中，格蕾還是沉默的小孩，但在全球數以百萬計的兒童和青少年心目中，格蕾是喚醒他們行動的先行者。他們各自在自己的城市罷課，逐漸形成歷史上規模最大的全球氣候抗議行動，年輕人紛紛要求成年人立即採取行動，制止環境災難。

由南半球到北半球，從悉尼、溫哥華、伊斯坦布爾、東京、紐約、馬尼拉、香港以至倫敦等大小城市，青少年都聽到格蕾的呼聲，並集體呼籲採取行動。

各地學生以#FridaysForFuture為網絡串連和組織，由格蕾一個人開始，到全球數百萬人的運動，不同國籍的青少年紛紛以行動阻止氣候惡化下去。

各國青少年以不同的語言為運動發表聲明，比方說：「我們以個人身分參加罷課、罷工，我們是因為看見氣候日趨惡化而站出來的，加上我們沒有看到處於權力位置的人回應，他們沒有為保護環境安全和穩定氣候而作出努力。」

　　除發表聲明外，不同國家的青少年為環保舉辦各種各樣的活動，包括小組討論會、音樂會和研討會等等。為了讓政客和更多人聽到他們的聲音，更會創作不同的的標語，例如「零碳未來或零未來」、「別消耗我們的未來」、「綠色生活」、「素食救地球」和「對付氣候危機」等。

　　當世界各地的青少年為保護地球奮鬥時，好些富裕國家政府依然漠視環保政策，否定科學家證實的全球暖化危機，對地球污染視而不見，只顧發展經濟，忘記溫室效應令山火更難撲滅，天災人禍同樣會影響經濟。

　　美國加州出現十年來最猛烈的山火，美國環保人士指摘總統削減環保支出，令山火迅速蔓延，難以撲滅。總統卻花時間在社交媒體暗中嘲諷格蕾令更多人關注環保，但她只是「厄運先知」，認為美國是石油和天然氣出口大國，環保人士在危言聳聽，總要求同一件事，希望支配、改變和控制別人的生活，要大眾不必理會「厄運先知」的末日預言。

　　格蕾指出政客說謊，政客反駁環保人士誇大災害，因為無論世界變成怎樣，承擔痛苦惡果的是基層人士，政客可以視而不見，正如無論加州大火怎樣燒下去都不會影響總統的奢華生活。

　　美國的冬天正是澳洲的夏天，泰迪同樣為不尋常的炎熱天氣煩惱。他喜歡潛水，起初生怕海水升溫影響珊瑚礁生態，沒有想過更大的破壞正悄悄逼近。

　　當他知道格蕾獲選《時代雜誌》風雲人物後，在羣組寫：「好開心呀，格蕾得獎啊！」

　　「爸爸說，她被政客利用，大家推她出來有政治目的。」盧卡斯寫。

　　貝理雅寫：「雜誌宣傳話題而已，她怎算得上風雲人物？」

　　法蘭克寫：「我很喜歡她，沒有她，我們不會聚在一起監察政府的環保政策。」

　　「她得獎了，但我們一無所有，氣候暖化持續，政府什麼都沒有做。」珍妮花寫。

「巴西亞馬遜熱帶雨林有山火，加州有山火，好像是天災，實際是人禍。」泰迪寫。

「希望澳洲沒有山火。」馬田寫。

「我這區有山火呀，」祖迪寫：「傳媒報道市政府削減開支，解散預防山火隊，結果山火燒個不停。」

「要快點撲滅呀，亞馬遜大火燃燒很久，損失無法估計。」法蘭克寫。

「天氣乾燥炎熱，老師說山火不蔓延已經很好。」祖迪寫。

「你們看，格蕾得獎了，但世界依然糟透了。」盧卡斯寫。

「環保工作不是只靠一個人做的，你們要有實際行動的話，可以跟我一樣參加珍古德教授的『根與芽』組織，我們會種樹，平衡氣候轉變。」祖迪寫。

「根與芽？」

「上網可以看到相關資料，全部活動都是由我們主導的。」祖迪寫。

　　組員紛紛表示感興趣，不停地閒聊「根與芽」的活動，直至泰迪剪貼網上的文字：「我喜歡格蕾在聯合國氣候變化峯會上發表的演說。既然我們的領導人做事像小孩，我們不得已只能承擔起他們早就該承擔的責任。我們不得不理解老一輩處理我們未來的方法，不得不理解他們製造的棘手問題，而我們必須去清理、面對和忍受。我們必須讓他們聽到我們的意見。」

　　「誰説的？」威廉問。

　　「格蕾。」泰迪寫。

　　「我們在承擔大人的責任。」珍妮花寫。

　　「大家都很努力，你們要批評就批評掌權者，為什麼批評格蕾呢？」夏綠蒂寫。

　　「我對她得獎與否都沒意見，無論她有沒有得獎，世界都是這樣的。」莎莉寫。

　　「證明她沒有做過什麼事，不值得被選為年度風雲人物。」盧卡斯寫。

　　「你們知道汶萊熱帶雨林中發現一種新品種的蝸牛

嗎？由於這種蝸牛對乾旱、極端氣溫與雨林退化的敏感度很高，而在氣候變化加劇下，這些蝸牛可能會捱不下去而死亡，而且這些情況將會變得更為頻繁，所以，科學家以她的名字為新蝸牛命名。」泰迪寫。

貝理雅寫：「你是她的粉絲，才關心這種小事，誰理會世上發現新品種蝸牛呢？」

「這是表揚她在全球推動環保的貢獻，她並非被政客利用的。」泰迪寫。

「我不喜歡她，媽媽說格蕾不肯乘搭飛機是裝模作樣。」朱利安寫。

「我們不用喜歡她的，我們只是一起推動環保行動而已。」威廉寫。

「對，新品種蝸牛以她的名字來命名，代表了科學家承認她這一代人將負責解決不是他們造成的問題的方式，即是我們共同面對的問題，也是我們現在一起要解決的。」泰迪寫。

「她乘船去紐約是可以減少碳排放的。」莎莉寫：

「也許，我們可以嘗試邀請她來澳洲，她也可以乘船來澳洲的。」

「不，她乘船的做法最是虛偽，不少人批評她。」馬田寫。

「爸爸說，她到達紐約之後，船員要乘飛機去紐約將船開走，更不環保。」盧卡斯寫。

莎莉寫：「她會用即棄餐具吃東西，還要拍照放上IG。」

「我都看見，許多人不喜歡她。」朱利安寫。

泰迪寫：「如果當初我們夠勇氣一個人去國會大樓罷課示威，得獎的可以是我們任何一個。既然我們沒有做到，批評她有什麼意思？」

「我們部署下次反全球暖化行動吧！」法蘭克寫。

「她有病都努力付出呀。」威廉寫。

「新聞報道有人傷人後，以亞氏保加症為理由得到輕判。」馬田寫：「世人關心她，因為她多病。」

大家留下嬉笑表情符號，只顧說笑，沒有繼續反全

球暖化話題。

「你們不能這樣的。」夏綠蒂寫。

「我們羣組都有自閉症人士。」朱利安寫。

「自閉症不用優待吧？」盧卡斯寫。

「你想做澳洲環保風雲人物？」馬田寫，還加上不少取笑夏綠蒂的表情符號。

夏綠蒂退出羣組。

泰迪寫：「我們聚在一起，是為了環保討論還是為了人身攻擊？」

有些組員留下歉意的符號公仔，然後下線，有些直接下線，大家沒有討論下去。

泰迪以為山火很快過去，沒料到山火一直燒下去。即使住在遠離山火的地區，天空都瀰漫濃煙和燒垃圾的氣味。

泰迪的爸爸有天回家時帶同一隻燒傷的樹熊，泰迪連忙給牠清水，然後用乾淨的毛巾鋪在椅上，讓樹熊坐

下來。牠顯得有點驚慌，泰迪用棉花加清水為牠清洗傷口，牠的表情是舒服了一點。

家裏沒有樹熊吃的尤加利葉，媽媽給牠一些新鮮的青菜，沒料到樹熊竟然吃個不停，絕不揀飲擇食，相信牠已經餓壞了。

「你怎會帶樹熊回家？」媽媽問。

「牠走到路邊，四周沒有其他動物，我看牠走了很遠很遠的路，不知是尋找親友還是找尋食物，疲倦得跌坐一旁。我怕有粗心大意的司機撞傷牠，不能丟下牠不理會牠的，只好抱牠回家。」爸爸説。

「網上有許多樹熊徬徨表情的照片，牠們的家被燒毀了，許多同伴死掉，少數能夠走出來的，看來都是不知所措。」泰迪説。

「我們聯絡愛護動物組織，明天送牠去那兒吧。」爸爸説。

樹熊在毛巾上睡覺，想是身心俱疲，迪泰看見牠不停顫抖，轉頭問媽媽：「牠發噩夢嗎？」

「或者牠只是太疲倦，我們想多了。」媽媽説。

泰迪看見燒傷的樹熊，很是難過，除了用棉花清洗傷口外，連碰都不敢碰牠，怕令牠傷口感染。

泰迪知道就算樹熊可以康復，牠的生命已經變得不一樣，樹熊的家園已被燒毀，牠不會再見到原來的親友和同伴。

泰迪一直跟組員討論山火，然而，由於山火關係，部分學校延長寒假，許多組員不用上學，不上學也就沒課可罷，大家討論接下來可做的事並不多。

法蘭克寫：「科學家估計起碼有五億動物在這場山火死去。」

「各區都有動物向人求救，爸爸救了一隻樹熊。」泰迪寫。

「牠怎樣？」莎莉問。

「我們送牠去愛護動物組織了，據説目前康復進度良好。」泰迪寫。

「有動物救援組織表示救了近萬隻動物，有袋鼠、

樹熊、負鼠和蝙蝠等。」馬田寫。

「如果天氣沒有那麼乾燥，山火不會燒幾個月。」法蘭克寫。

「很久沒有下大雨，我從未像現在一樣渴望狂風暴雨。」泰迪寫。

「天氣變化令山火越來越多，而且越難撲滅。」朱利安寫。

「如果政府沒有解散預防山火隊伍，這場災禍或可避免。」法蘭克寫。

「環保少女沒有為澳洲山火發聲。」盧卡斯寫。

「我們有我們的力量，你為什麼要扯到她？」法蘭克問。

「有呀，她放了大火的視頻，質疑如此山火災難，竟然沒有觸發任何政策調整，她覺得不可思議。她認為氣候危機與極端天氣和天災有關，這是時候關注這些關係了。」泰迪寫。

「有嗎？我一直覺得她虛偽。」盧卡斯寫。

「嗯，她有為澳洲山火發聲，一樣有人說她虛偽
的。」莎莉寫。

「我們有為過北歐的山火發聲嗎？」法蘭克問。

「格蕾責罵我們的總理，她罵齊全球政要沒有？」
盧卡斯寫。

大家用大笑符號留言，莎莉留下笑到倒地的。

「還沒有，她主要責罵那些已發展國家的領袖。」
法蘭克寫。

「這就是虛偽呀。」盧卡斯寫。

「也許還未責罵到他們，遲點再罵。」朱利安寫。

泰迪寫：「我最認同她說：政客用空話來偷走我的
夢想和童年，但我仍是幸運的人，有些人在受苦，有些
人正垂死，整個生態系統面臨崩潰，我們正處於大規模
滅絕的開端，但你們還在談論金錢和永遠的經濟增長的
童話故事。」

「生態系統真的崩潰了。」朱利安寫。

「這段日子，四周充滿燒垃圾味，遠處的火光令我

有世界末日的感覺。我以後不會批評格蕾，我們做自己的事好了。」馬田寫。

「不停的燃燒，好像小說裏寫的地獄景象。」奧利維亞寫。

「真是可怕，然而，面對格蕾的指摘，我們的總理只承認氣候變化問題可能構成嚴重山火，但他拒絕承認停止開採煤礦或減低碳排放有助改善全球氣候變暖。」泰迪寫。

「既然政府不做，就由我們去做，由我們來保護澳洲吧！」馬田寫。

「對，我們先努力保護澳洲的環境。」盧卡斯寫。

「有人認識夏綠蒂嗎？」奧利維亞寫。

沒有人回應。

「我想她再入羣組。」奧利維亞寫。

大家用表情符號表示不知道和辦不到。

「我們繼續做自己的事，同路人自然會加入。或者，夏綠蒂有日會再次加入羣組的。」泰迪寫。

大家以表情符號表示認同。

「山火熄滅之後，我們要做得更好。」威廉寫。

「山火熄滅之前，我們都要做得好。」馬田寫。

「沒有雨，消防員再努力都無用。」朱利安寫。

「好期望落大雨。」法蘭克寫。

「我們不能改變天氣，但天氣改變我們的人生。」盧卡斯寫。

「我覺得人類好渺小，好像森林入面的樹熊和袋鼠一樣，一場天災就會變得一無所有。」法蘭克寫。

「所以我們要保護環境，不能讓氣候暖化加劇。」威廉寫。

「大家等一等，夏綠蒂給我訊息想再加入羣組。」泰迪寫。

大家留下歡呼和高興的表情符號。

「你們別再嚇走她，也不用太關心。」泰迪寫。

大家用明白的表情符號表示知道。

盧卡斯寫：「夏綠蒂，對不起。」

「我們不應拿自閉症開玩笑的。」馬田寫。

「我不應為小小事退出的。」夏綠蒂寫。

「你一直表現得很好呀。」奧利維亞寫。

「我不應放棄的，我們繼續努力，如格蕾所說，別讓不肯做事的大人透支地球資源，不能任由大人透支我們的未來。」

羣組的人紛紛留下符號公仔回應，泰迪寫：「我們一起努力，自己國家自己救。」

夏綠蒂寫：「自己未來自己救。」

第四章　我們不能活得像沒有明天

兩次世界大戰以後，全世界忙於發展經濟，人類生活水平大為提升，肆意破壞地球生態。

古時候的帝王享受比不上大部分城市人，我們有抽水馬桶和冷暖氣設備，乘搭飛機可以去到地球每一個角落，古時最有錢有權的人都無法想像。然而，對地球的傷害也是難以想像的。

一直有科學家提出，地球無法承受人類的破壞，如果地球發展至今經歷十二小時，人類就在十一時五十五分才出現，但破壞力是世上所有生物之最，連恐龍的破壞力都不及人類。人類在地球生活以後，已經令地球一半物種消失。

由一九二七年開始，美國《時代雜誌》在每年快要終結的時候選出年度風雲人物。一九八八年選出的並不

是風雲人物，而是風雲星球——地球，提醒世界各地的人，地球已經飽受污染，清潔水源日漸減少、樹木被過度砍伐、土地流失、冰川冰山融化、海水水位上升、氣候失常、颱風風暴更多以至天災加倍頻密等。那一年，格蕾的爸爸十九歲，她的媽媽十八歲，他們還未認識。換句話說，在格蕾還未出生的年代，許多人已經努力保護環境。主流傳媒樂意為愛護地球發聲，可惜，地球污染越來越嚴重，全球暖化更難逆轉。

格蕾從來沒有看過這本雜誌。她早已習慣看網上媒體報道，瑞典的報刊也多，但她沒有留意這本美國雜誌。直至二〇一八年，她被雜誌評為全球二十五位最具影響力的青少年之一。

二〇一九年春季，她被雜誌選入年度百大人物。雜誌每年選一百名最具影響力的人，無論是好的影響，抑或壞的影響，總之，每年都會選一百人，格蕾是該年最年輕的入選者。

爸爸陪伴格蕾去紐約的時候，跟她閒聊環保活動。

PERSON

of the YEAR

格蕾説：「如果從一開始，在科學家提出關心氣候的當兒，即是幾十年前，大部分人身體力行愛護環境，今日，我們就不用面對惡劣的天氣變化。」

「嗯，我們這代人做得不足夠。」爸爸笑説。

「這就是了，」格蕾説：「我不希望我的孩子或孩子的孩子有日問我環保問題，質疑我在可以改變的時候為什麼不做。」

「你不用負上太大責任，你只是中學生，你的本分是讀書。」

「我不想將來的孩子跟我一樣，讀小學的時候，被餓到瘦小的北極熊嚇到喊。」

「到你孩子的孩子的年代，這個世界可能已經沒有北極熊了。」

格蕾面色大變，爸爸連忙説：「我跟你説笑。」

「不好笑呀。」格蕾生氣道。

「我們繼續努力，希望將來的北極熊都會肥肥白白的。」爸爸笑説。

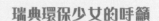

　　格蕾滿意地點頭，說：「北極熊是地球的原居民，牠們應該活得像千百年前的祖先一樣健康快樂，不應因為全球氣候暖化而有絕種危機。」

　　「對，北極熊健康快樂成長，可以跟企鵝一起游水和玩遊戲。」爸爸一臉認真說。

　　「連雅塔都不會被騙啊，」格蕾笑說：「企鵝在南極生活，不會跟北極熊碰面的。」

　　爸爸微微一笑，覺得可以跟女兒聊天真好。

　　格蕾說：「爸爸，我想再背一次演說詞給你聽，好嗎？」

　　爸爸點點頭，格蕾站起來，一臉嚴肅地說：

　　這些全部都錯了，三十多年來，一直有公開透明的科學研究證明，當所需的政治行動和解決方案仍然遙遙無期的時候，你怎麼敢繼續對大眾說你做得足夠！

　　你說你聽到了我們的聲音，並且了解一切是那麼緊迫的。但是，無論我多麼悲傷和生氣，我都不敢相信。

若你真正了解情況並且仍然不採取行動，你正是令我拒絕相信的原因。

在十年內將碳排放量減少一半的想法，僅僅使我們有50%的機會，保持全球升溫的幅度在低於攝氏1.5度的水平，並且有引發不可逆轉的連鎖反應風險，到時會超出人類控制範圍以外。

你可以接受50%的話，但是這些數字並不包括臨界點，大多數反饋迴路、有毒的空氣污染或對氣候有所隱藏的帶來的額外變暖，我這一代人吸入數千億噸二氧化碳排放。

因此，我們根本不接受50%的風險，因為我們必須承擔後果。就算有67%的機會保持在全球氣溫升溫1.5度以下，世界上仍然有四百二十千兆噸的二氧化碳要排放回來。

你敢假裝僅通過照常營業和技術解決方案，就可以解決這個問題嗎？以當今的碳排放水平來說，剩餘的二氧化碳預算將在不到八年半內全部消失。由於這些數字

太過令人不舒服，今天在這裏不會提出任何符合這些數字的解決方案或計劃。

你讓我們挫敗，但年輕人開始了解你背棄我們，後代的目光注視着你，如果你選擇讓我們失敗下去，我會說，我們永遠不會原諒你。

我們不會讓你逃避這一挑戰，在這裏，現在是我們劃清界線的地方。世界正在醒來，無論你是否喜歡，變化都將來臨。

謝謝。

爸爸鼓掌，説：「你背熟了，大致沒問題，稍稍改動就可以。」

「我準備在氣候大會對世界各國政客説的。」

爸爸笑起來説：「你經常責罵政客豈有此理，你罵他們之後，可有想過別人都可以批評你？」

「我知道會有人批評我的。」

「你受得住？」

「受得住。」

「有人批評你對環保只會空談，許多行動往往是違反環保原則的，你怎麼辦？」

「我會改的。」

「為什麼？」

「我指摘各國政治和經濟領袖只顧美化自己形象，不願積極採取行動對抗氣候變化。」

「很多人知道了，你還對美國總統怒目而視。」

「嗯，如果我聽到批評不願改變，我豈不是變成自己批評的人嗎？」

「你會跟其他國家的環保人士交朋友嗎？」

「我有追蹤他們的IG。」格蕾說。

爸爸笑起來，說：「我停留在昨日的交友方法，你們已不一樣。」

「我不擅長閒聊的。」格蕾有點懊惱說。

「那麼你更要多點跟我們聊天，就可以習慣跟其他人聊天。」

　　格蕾沒有能力跟許多人做朋友，不過，她的努力已經透過傳播媒介影響許多人。

　　不少青少年視她為榜樣，同樣地，她也會視其他人為榜樣，有些人對她有很大的影響。比方說，她看見諾貝爾和平獎得主馬拉拉的堅持時，已經視她為榜樣。知道去英國的大學出席活動後可以跟她見面，讓格蕾樂上幾天，為了跟馬拉拉會面而開心得幾乎失眠。

　　格蕾早已在新聞知道馬拉拉的成長過程。馬拉拉在女孩無法讀書的巴基斯坦出世，她為爭取女孩讀書權利發聲，上學時被人埋伏槍擊，險些送命。

　　即使面對最危險的情況，馬拉拉都沒有害怕。離開祖國到外地讀書後，她依然致力推廣全球女孩有讀書的權利。

　　格蕾跟她在大學碰面，馬拉拉笑說：「你是唯一令我不想上學的朋友。」

　　格蕾跟她擁抱，想起自己由小學開始就可享受免費教育，她甚至因為強迫症無法舒解而停學一年，想到其

他國家的女孩為爭取上學而流血流淚，更覺得要為全球小孩做得更多。

馬拉拉明白格蕾的沉默，她說：「如果我是中小學生，我會為抗議全球氣候變化罷課的。」

「如果氣候繼續惡化，人類難以生存，小孩讀書都無意義。」格蕾說。

「不過，小孩無法讀書不是更難生存嗎？」

「你的故鄉有人關心環保嗎？」

「沒有。大家關心的是如何生存下去，怎樣找清潔水源，怎樣儲存足夠食物，然後是希望可以上學。」

「沒有環境污染嗎？」

「太多工廠，污染非常嚴重，不過，大家最關心的是生存問題，很少人有餘力愛護環境的。」

格蕾無法想像巴基斯坦的生活，說：「我知道發展中國家的碳排放較低，但不知道如何思考生存問題，我們都活得好呀。」

「未必可以好好活下去的。許多女孩早婚早孕，健

康容易有問題。我們要活得好，從來不容易。」

「你的意思是，可以上學讀書比罷課重要？」

馬拉拉點點頭，笑說：「先要好好生存，才有能力實踐環保。」

格蕾笑說：「我明白了，讀書比罷課重要，你真是我的榜樣。」

「不是，」馬拉拉說：「我只是比你早一點為兒童和女性發聲而已。」

「我們要繼續努力實踐理念。」格蕾笑說。

馬拉拉給格蕾鼓勵的微笑，格蕾為得到她的支持而高興。

格蕾跟馬拉拉見面後，明白被選為雜誌封面時代人物不算什麼。

馬拉拉是史上最年輕的諾貝爾和平獎得主，也是全球知名的人，但她依然謙虛得如普通人，走在校園也不過是芸芸學生之一。

除了馬拉拉令格蕾明白更多以後，還有一個人物令

她思考得更深入。

當她跟世界著名的保護主義者和靈長類動物學家珍古德見面後，更加明白環保是實際工作。

八十多歲的珍古德從小熱愛動物，在格蕾出世前半個世紀已經到肯尼亞去研究野生動物。她在坦桑尼亞開始跟黑猩猩建立友好關係，從而確定黑猩猩智商不低，懂得製造和使用工具，牠們的感情跟人類接近。

格蕾認為飛機產生的碳排放太多而放棄乘搭飛機，寧願用十五日時間乘船由歐洲到美洲去。珍古德每年平均飛行三百次，跟格蕾理念相反。她說：「人人知道飛機飛行時會產生大量碳排放，不過，人類乘搭飛機對地球有好處的。」

格蕾的頭上也許有一百個隱形問號，她從未想過搭飛機對地球有好處。

「乘搭飛機可以提高生態旅遊效率，我們可以遊覽原始自然地帶和自然保護區，促進生態旅遊。」

「一定要乘搭飛機嗎？」

「如果我有飛氈，或者有時間乘船飄洋過海的話，我可以不乘搭飛機的。」

「飛機飛行帶來大量碳排放，會令全球氣溫改變，那是無法逆轉的。」

「我的『根與芽』有綠拇指計劃，種植了數百萬株樹木，足以抵消我們乘搭飛機的碳排放。」

「根與芽？」

「根與芽是青少年組織，有百多個國家、上千萬青少年參加的，由年輕人主導，可不是由我策劃行動的。我們服務社羣、援助動物、改善環境，跟你的理念差不多。我們要全球思考，在地行動。」

「不，我反對乘飛機，反對食肉，反對……」

「嗯，你對許多事都有點抗拒。」珍笑說：「我的媽媽教我，行動和教育之前，先要跟人建立聯繫，而不是跟人對立。」

看見格蕾皺起眉來，珍想到跟別人聯繫正是亞氏保加症孩子最難做到的，隨即微微一笑說：「我們要進入

別人的心裏，而非站在外面指指點點的。」

「根與芽會支持我們的罷課行動嗎？」

「暫時不會。」珍説：「你們的抗議行動讓更多人關注氣候轉變危機，那是好事。不過，這樣的不妥協運動跟我們的組織意念並不相同。」

格蕾的表情顯示她的腦海有一大堆問號，珍説：「我們希望進入別人內心。」

「怎樣做？」

「進入內心，我認為要講故事。講故事前，至少要花一分鐘弄清楚你在和誰説話。」

「我們跟各國領袖會面，我們不是乞求他們關心氣候變化，」格蕾説：「他們在過去漠視我們，現在同樣漠視我們。我們沒有藉口，沒有時間，我們要大家知道世界已經轉變，真正的權力來自平民。」格蕾像演説那樣説話。

「你可以用你的方法爭取，最重要是每個人都可以暢所欲言。」

「根與芽不和我們一起？」

「根與芽是年輕人的行動，好像種子最先發芽和長出幼小的根，小小的根會吸收泥土養分和探索水源，小小的芽會努力生長，或有一日成長為大樹。既然是年輕人的探索和想法，我不會多加意見。他們想跟你們一起活動的話，他們自然會行動，但我看來是不會的。」

格蕾想起爸爸帶她在花園種菜，也跟她說過近似的話，植物真是神奇。

珍看見格蕾靜下來，笑說：「我經常乘飛機去探望不同地區的根與芽少年，看見他們為社區工作有成的快樂模樣，自己都開心好半天。所以，我要乘搭飛機。」

「地區工作做的是小事，如果沒有政府推行真正的環保行動，我們可以做的實在太少。所以，我要罷課讓政府知道我們受夠了。」格蕾說來還有點激動似的。

珍溫和地笑着說：「我們認為，推行環保不僅是罷課，也不僅是揮舞標語牌走動，實踐環保還在種樹，種樹能夠保護環境和氣候。當然，推動環保還要從海洋收

回塑膠物料，減少污染，環保更要幫助貧困社區的人生活而不破壞環境。根與芽正在採取行動，這是我們要走的路。」

「政府應該做的。」格蕾堅持。

「我們不但要保護環境，而且要人類和大自然一起突破種種界限，沒有國界，沒有政府，最終達致世界和平，這是我們最大的心願。」

「可能嗎？」

「我們一定相信這個願望會成真的，要不然，夢想永遠不會有實現的一日。」

「罷課是重要的。」格蕾再三堅持。

「與其花時間罷課，不如多種一株樹，這樣對地球更好。」

「無論種了多少棵樹，如果政府不保護熱帶雨林，一場山火，或過度砍伐，大家所種的樹都會在世界上消失，前功盡廢。」

「我信任根與芽的年輕人選擇。」

　　格蕾難掩失望，她無法像規勸父母那樣令珍放棄乘搭飛機。

　　珍凝望她，以比較嚴肅的語氣說：「你每項行動都會帶來改變，你在行動前先要考慮清楚，你到底要帶來哪種改變。」

　　格蕾點點頭，反問自己到底要怎樣的行動帶來哪些轉變呢？

　　珍說罷，知道她可以放手讓眼前的年輕人選擇以後的行動。

　　格蕾在拍攝備受爭議的雜誌年度風雲人物封面照片後，問雜誌編輯：「為什麼選我？」

　　編輯表示：「你沒有看公開的資料嗎？由你開始罷課至此後十六個月，曾在聯合國對各國元首演講、與教宗會面、與美國總統爭執，還啟發四百萬人參加全球氣候罷課，這是人類史上最大規模的氣候示威。」

　　格蕾看過雜誌的評語，高興自己有這樣的影響力，

為地球重大議題發聲，帶起一場全球運動，但她更想知道不公開的原因。不少人對雜誌的決定提出反對聲音，比方說，多國政要和掌管經濟的人質疑格蕾對化石燃料一無所知，推動電動環保車亦不環保。

編輯說：「只有這些原因了。」

即使編輯部對內和對外都解釋過格蕾當選的原因，但曾經投票的人依然憤憤不平。

雜誌總編輯公開解釋：「格蕾體現了年輕人的行動主義，她的影響力上升過程真的與眾不同。就在十四個月前，她還是一個人拿手寫的標語抗議，現在她率領全球一百五十個國家的數百萬人代表地球行動，而且她真的是使今年這項議題——氣候變遷——從後台躍向中心的關鍵推手。」

澳洲青年馬田在雜誌的網站留言：「在五個候選名單之中，美國總統、美國聯邦眾議院議長、美國中央情報局匿名吹哨者、香港抗爭者和格蕾之間，九成人投票給香港抗爭者，你們卻選得票相差甚遠的人，你們不尊

重投票人！」

　　也許質疑結果的人太多，總編輯再度解釋：「格蕾代表廣泛的世代文化變遷。我們現在看到，從香港校園和智利的抗議到學生遊行反對槍枝暴力，年輕人都急切要求改變。」

　　格蕾在得獎的雜誌訪問表示：「我們不能繼續活得像是沒有明天，因為明天會到來。這是我們所要表達的一切。」

　　格蕾在IG貼出年度風雲人物封面，百多萬人按讚，許多恭賀留言，同時有無數批評留言。她的父母並不關心她得獎與否，只關心她的身心健康。爸爸尤其害怕她重現拒絕進食的終極惡夢，特別留意她的情緒。

　　雜誌記者訪問她時，她的爸爸在旁保護他的未成年女兒，以免她說錯話惹來更多攻擊。

　　記者問：「你用十一個星期時間走訪美國和加拿大多個城市，到底忙什麼？」

　　「我要將信息帶給各地的決策者知道，他們要聆聽

科學家的意見，不能繼續無所作為。」

「你認為他們做得不夠好。」

「嗯，各國領袖只顧自己形象，不理氣候變化。」

「大家一直在尋求解決方案啊。」

「不，那是各國鑽營和協商漏洞，逃避提高自身的責任。」

「他們要做什麼呢？」

「富裕國家要減少碳排放量，不要再誤導大眾。」

「第三世界呢？」

「沒有富裕國家過度消費，第三世界不用污染環境過度生產。」

「俄羅斯總統認為第三世界還有數十億人生活在貧困之中，他們用不起潔淨能源，甚至他們的國家也建設不起潔淨能源。對他們來說，能用上高污染但低成本的能源都是有點奢侈。」

「這是問題嗎？」

「他的問題是，如果第三世界的人想要瑞典那樣的

生活水平，你如何回應？」

「這是當地領袖的工作。」

「第三世界領袖提出，保護環境應否要他們繼續貧困下去？」

格蕾想了一想，她的爸爸問：「你們的問題是否有點離題？」

「閒聊而已，未必寫在訪問稿裏的。」記者笑說。

「格蕾是中學生，她為環保努力，我做爸爸的要保護她啊。」

「有些人質疑格蕾被人利用，所以，訪問的問題尖銳了一點。」

「我看不到格蕾被人利用，我只有兩個女兒，我做的一切是保護她們，都希望她們開心。」

「你跟格蕾有同樣的環保理念，所以茹素和騎單車嗎？」

「不是，我實踐的所有環保行為都不是為了保護地球，而是為了讓格蕾高興。不過，我漸漸喜歡自己的改

變，素食和騎單車都令我身體更好。」

格蕾有些疲倦，爸爸示意她休息一下。

「你的訪問完成了嗎？」爸爸說。

「嗯，跟你閒聊幾句好嗎？」

「好呀。」

「全世界都覺得格蕾是特別的女孩，你怎樣看你的女兒呢？」

「你知道她的問題吧？」

「時至今日，人人知道她有自閉症譜系障礙的亞氏保加症、強迫症和選擇緘默症。不過，她看來跟時下少女沒有什麼分別。」

「這就是了，我很高興見到她參加環保運動後變得平凡。別人可以做的事，她都做得到。」

「這是平凡嗎？」記者笑說。

「你沒有看過她不肯吃東西的暴瘦樣子，我寧願有病的是我。先天問題不會突然消失，幸好，她執着的特質可以變成她推動環保的動力。坦白說，我現在鬆了一

口氣。」

「你們贊成她罷課？」

「沒有父母會贊成孩子罷課的，我們沒有反對她去做她認為正確的事而已。」

「你想格蕾得到更多關注嗎？」

「我只想她快樂。」

「她現在快樂嗎？」

「她會到處跳舞，她經常笑，她看來很快樂。我們同樣快樂，她現在很好。」

「你會一直陪伴她四處去嗎？」

「格蕾成年後，我不用陪伴她左右。當然，如果她提出要求，我一定會跟她一起。然而，我認為她會選擇一個人獨自出國，那是十分好的事情。」

格蕾在旁聽到父親的說話，心裏像開了一朵花，嘴角泛起微笑。

✦ 第五章　為兒童的未來而改變 ✦

人類經歷有史以來最大規模的疫症，讓人懷疑國際組織能否保護世人健康。與此同時，許多人開始關注國際環保條約可有約束各國的碳排放和環保行動，還有，到底有沒有國際組織能夠約束成員國禍及全球的行為呢？

在疫症蔓延期間，全球多個城市停學，格蕾仍會掛起衣服示意星期五罷課不會中斷。從開始罷課至今，每個星期五都要罷課，每一項環保行動都要堅持，每一項都不能改變。

格蕾在小學期間不願上學，父母為免格蕾感到寂寞，特意為家裏增加兩隻陪伴動物（sallskapsdjur）。洛士是拉布拉多尋回犬，毛毛是金毛尋回犬，牠們是格蕾最好的朋友，跟格蕾一起長大。

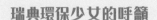

　　動物當然不認識人類的法律，不過，不同地方的法律會影響動物一生。如果可以選擇，相信洛士和毛毛依然會選擇做瑞典的狗。

　　瑞典有三分之一家庭養狗，狗狗跟家貓、白兔和倉鼠一樣是家裏的毛小孩。毛孩子在瑞典的法律地位是陪伴動物，沒有家人照顧的時候，全國的狗狗日託中心可以代為照顧，以免牠們獨留家中。

　　陪伴動物跟寵物不同，即使同樣是狗，有些國家的狗是寵物，像有生命的玩具等待主人寵愛，即使主人不能隨意遺棄牠們，有些人仍會用各種方法棄養寵物。

　　瑞典的狗是陪伴動物，比世界各地的狗更有法律保障。牠們擁有「狗生權益」，跟人一起生活，牠們是家庭成員。

　　如果格蕾一家人外遊，毛毛和洛士就要去日託中心暫住。不過，要是爸爸陪伴格蕾到歐洲各國演説，即使他們離開多日，毛毛和洛士都不用去日託中心，因為媽媽和妹妹留在家裏照顧牠們。

疫症初起時，格蕾如常到歐洲演説。即使跟媽媽和妹妹一起，毛毛和洛士還是有點悶悶不樂，因為牠們多日沒見爸爸和姐姐。

起初是毛毛聽到爸爸的腳步聲，然後是兩隻狗一起看見爸爸和姐姐回家，開心得不停吠叫和搖尾，然而，爸爸很快手拖姐姐入屋，沒有跟往常一樣留在花園逗牠們玩耍。

毛毛望向洛士，繼續吠叫和搖尾。洛士想了想，乖巧地坐在門外守候，因為牠感到兩人異常疲倦，知道他們要休息，沒有跟毛毛一起繼續吠叫。

爸爸回家後，不但沒有輕撫毛毛和洛士，而且沒有跟在大廳跑來的雅塔擁抱，只是望向妻子遠遠點點頭，以略帶點沙啞的聲音説：「我們很疲倦，我還有點兒頭痛，我要先回房休息。」

「你和格蕾看來都有點不妥。」媽媽説。

格蕾沒有説話，爸爸看了看她説：「我們去過中歐多個城市，那兒疫症蔓延，希望我們沒有染病，但要家

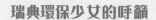

居隔離十四日。」

　　媽媽歎了歎氣，說：「希望沒有遇上隱形病人，你們先回房休息吧。」

　　「嗯，你照顧格蕾吧。」爸爸說。

　　「你們肚餓嗎？」媽媽說：「休息一陣子，我會捧晚餐到你們的房間。」

　　「我不吃晚餐。」爸爸頭痛欲裂，喉嚨乾涸到不想說話和進食，只想飲水和睡覺，飛快回房休息。

　　格蕾沒有回答，默默返回房間。

　　媽媽先拿探熱器為爸爸探熱，發現他體溫稍高，正在發低燒，連忙給他清水。他連飲兩杯水後，躺在牀上睡覺。

　　媽媽將探熱器消毒後，走到格蕾的房間幫她探熱，看見她體溫正常，鬆了一口氣。然後，走到距離格蕾睡牀起碼兩米的書桌旁邊坐下來，輕輕說：「你要到處演說應該很累，先休息一陣子，你和爸爸都要開始十四日家居隔離。」

「爸爸病了？」格蕾問。

「有點低燒和喉嚨乾涸，他要好好休息。」媽媽輕笑道：「雖然你沒有發燒，都要多飲水和休息啊。」

「媽，我們可會感染疫症？」

「不知道，政府規定症狀嚴重的人才可以檢驗，你們不用檢驗，不會知道可曾感染病毒的，你們在家休息就是。」

「媽，我感到疲倦，有時會寒顫，還有喉嚨痛和乾咳呀。」格蕾躺在牀上説。

「爸爸都是這樣，但他的情況比你更壞，他還有發熱。」媽媽説：「這十四日盡量不要離開房間，我和雅塔會拿食物給你的。你要多飲水，飲不下水的話就飲果汁。不要看手機和書籍了，躺在牀上休息，很快就會沒事的。」

「媽，為什麼會有這種病毒？以前沒有的。」

「為了讓你在家休息吧。」媽媽笑説。

「我認真發問。」格蕾皺眉説。

「你吃晚餐嗎?」媽媽說:「我要返回廚房煮晚餐啊。」

「我不吃,」格蕾說:「媽,你還未回答為什麼會有疫症?為什麼會有新病毒?」

媽媽知道一定要說出令格蕾滿意的答案,她才會停止發問,只好在腦海組織已知的事情,再拿出手機搜尋資料,然後認真說:「我們知道大自然有大自然法則,出現全新病毒代表這種病毒原本不應在人的身上出現。現在,除了非洲部分地區外,差不多全世界都有人感染新型冠狀病毒。」

「歐洲有許多人感染,很可怕。」

媽媽細看手機顯示的資料後,說:「專家指,這種新病毒出現的原因有兩大可能,一是由實驗室合成出來的病毒,一是由野生動物身上的病毒在人體變種交叉感染。」

「只有兩大原因嗎?」

「新型冠狀病毒可以在人與人之間傳染,那是全新

病毒，只有兩大原因才會出現。沒有人對全新病毒有免疫能力，暫時沒有藥物可以醫治。」

「媽，跟環境污染有關嗎？」

「不能說完全沒有關係，但是很難說有沒有直接關係。」媽媽再仔細看手機的資料說：「有專家指最先在中國武漢野味市場出現病毒，經由當地人將病毒帶到世界各地去，疫症就此蔓延全球，一發不可收拾。所以，你經常宣揚不乘搭飛機也可阻止病毒蔓延。一來許多乘客擠在機艙裏，只要有一個病人，就會污染機艙環境，令其他乘客感染病毒。」

「什麼是野味市場？」

「好像我們的賣菜市場，不過，商販會出售野生動物的。」

「媽，你剛才說的野味市場有哪些動物？」格蕾緊張問：「有狗嗎？」

媽媽拿起手機，好一會才回答：「我依照網上資料跟你說，亞洲有些國家依然視狗為合法食物，有些國家

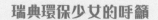
並不合法，但坊間仍可吃狗肉。我不肯定野味市場可有狗肉。」

「那麼，野味市場有哪些動物呢？」

「剛剛看見中國外交部否認武漢野味市場售賣野生動物。」

「中國人會吃什麼野生動物呢？」

媽媽依照手上的資料讀出來：「中國農業農村部建議可食用動物有豬、牛、羊、馬、驢、駱駝、兔、雞、鴨、鵝、火雞、鵪鶉、鹿、羊駝、水貂、狐和貉等等，還有一些我不懂得分辨的動物，並不包括貓和狗。」

「沒有狗？」

「沒有。不過，曾有外國記者在中國的野味市場拍攝到，許多狗被困在籠內，牠們最終變成人類餐桌上的食物。」

「哇！」格蕾想到毛毛和洛士的同類會變成食物，不禁有點慌張。

「野味市場有許多原本不應變成人類食物的野生動

物，病毒可能就這樣由動物傳到人類體內。」

「怎麼可能？」格蕾説：「人人都應該吃素啊！」

「北歐人會吃鹿肉的。」媽媽笑説：「我們是素食者，但不能要求人人茹素啊。」

「人人吃素對地球最好呀。」

「並非人人喜歡素食的。」

「就算不吃素，怎可能吃毛毛和洛士的同類呢？」

「不同國家有不同法律，你知道的。」

「我知道，所以，我要更加努力，我要全世界留意氣候變化，我要人人善待動物。」

媽媽笑起來，説：「別在家演説，好好休息。」

「媽，你不怕我和爸爸傳染你嗎？」

「不怕，我跟你們保持距離。」媽媽説：「看，除了探熱外，我們一直距離一米多啊，離開你們的房間之後，我會好好洗手的。」

格蕾有點疲倦，剛想閉上眼睛小睡一會，卻又想起什麼似的，躺在牀上問：「毛毛和洛士可以上來陪

我嗎?」

「不可以,」媽媽語氣嚴肅地說:「牠們不懂得洗手,我怕你傳染牠們。牠們向我投訴,或會將我們告上法庭呀。」

格蕾聽到媽媽假裝嚴肅地說笑,不禁笑起來,說:「嗯,你幫我照顧牠們。」

「我日日照顧你們三人兩狗,好辛苦的。」媽媽佯裝生氣道。

「謝謝,我愛你。」格蕾說。

媽媽的心像雪糕融化似的,感到一直以來的付出都是值得的。

格蕾在迷迷糊糊之間入睡,即使蓋好被子仍然感到寒冷,不時打顫。半夜喉嚨不舒服,臨近天光時咳嗽咳醒,然後又昏昏沉沉睡去,她開始懷疑自己感染新型冠狀病毒。

十四日家居隔離都在房間裏度過,有時是媽媽拿食物給她,有時是妹妹。她很掛念毛毛和洛士,但是只能

透過房裏的窗子望向花園，看見牠們在草地走來走去已經高興。

格蕾以為隔離十四日後，疫症會消失，沒料到全球疫症情況更加嚴峻。

格蕾在電腦瀏覽新聞網站，看見世界各地的人大都因疫症而留在家中，起碼四十億人減少活動以後，美國太空總署（NASA）網站貼出美麗如藍色水晶球的地球照片。那是人造衛星拍攝的地球新貌，大量工廠停工以後，污染大減，地球回復美麗的模樣。

格蕾覺得地球很美麗，看了又看，不斷搜尋和細閱美國太空總署和歐洲太空總署（European Space Agency）的資料，幾乎聽不到妹妹雅塔叩門。

不知妹妹叩門多久，聽到敲門聲的時候，格蕾漫應道：「嗯。」

雅塔一手拿媽媽製的糕點一手拿果汁，只能用腳踢開虛掩的房門。走進來後，將下午茶點放在桌子上，自顧自地坐在椅子說：「媽媽要我來陪你。」

格蕾望向妹妹，沒有說話，似乎不滿意她前來。

雅塔知道她沒有留意日子，說：「今日已經第十五日，你不用隔離了。」

「噢。」格蕾說。

「爸爸好多了。」妹妹主動說。

格蕾笑起來。

雅塔從小知道姐姐不喜歡說話，沒有再找話題跟她閒聊，只管默默陪伴她吃糕點。

「你知道嗎？」格蕾突然說。

雅塔望向姐姐，以表情示意不知道但有興趣知道。她知道姐姐一定會談環保的事情，只要涉及愛護環境的事情，格蕾就會像演說一樣滔滔不絕。

「你看，這些圖像顯示，原本停在中國的二氧化氮雲，已經消失。」格蕾指向平板電腦說。

「什麼是二氧化氮雲？」

格蕾興致勃勃回答：「二氧化氮是透過燃燒化石燃料產生的，可以來自汽車、貨車、巴士、發電廠和工

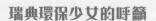

業設施。」

「啊，我知道了，騎單車最環保。」

「對，乘搭飛機污染最多。」

「難怪你經常跟同學説，要多騎單車，不要乘搭校巴。」

「我們都不要乘搭校巴，更加不要乘搭飛機。」格蕾笑説：「現在很少人乘搭飛機，雖然經濟中斷，但許多國家都在減排，中國空氣污染的急劇減少，是最迅速和明顯的。」格蕾揚手示意妹妹走近説：「你過來看看這兒寫的，NASA專家表示從來見過如此迅速大範圍污染物下降。」

「以後都是這樣的話，你不用呼籲環保，我們不必為環保罷課了。」

「不能這樣，」格蕾説：「長期停工會令許多人餓死的。」

「會嗎？」雅塔説：「好可惜啊，最近上網見全世界的野生動物都好開心啊。」

　　格蕾望向她，雅塔隨即説下去：「印度封鎖沙灘一星期，有二十八萬隻瀕危海龜爬上沙灘產卵呀。」

　　「二十八萬？」

　　「對。」

　　「可以有二十八萬隻海龜，那就不算是瀕臨絕種邊緣呀。」

　　「我今日跟媽媽一起看電視新聞的，」雅塔以誇張語氣説：「記者説印度人有幾年沒看見這種海龜上岸產卵，以為牠們死光了。」

　　格蕾笑起來，沒有説話。

　　雅塔拿起平板電腦上網，按了幾下，説：「你看這些動物圖片。」

　　格蕾趨近細看電腦屏幕，看見野生大熊貓在馬路閒逛的片段，忍不住笑起來。

　　「你看這些文字描述：人類永遠敵不過肉眼看不見的病毒，理應學會謙卑。」

　　「看不見的病毒可以令世界停頓，可見我們的制度

沒有彈性。」

「那又怎樣？」

「即是認同我們要學習謙卑。」

「你看，疫症蔓延之下，網上短片很少見人，多見開心的動物。」

「中國有駕駛人士拍到野生熊貓在馬路閒逛，熊貓看來真是開心。」

「中國有漁民拍攝到野生白江豚嬉戲，威尼斯都有海豚在運河游水啊。」

「地中海都有許多海豚游來游去，但不會游去威尼斯的運河，那是網上的假圖片和假新聞吧。」

「你經常説乘船比飛機好。」

格蕾笑起來，她知道妹妹長大後一定支持環保，指向網上圖片問：「這是什麼？好漂亮。」

「金雕，近乎全隻金色的鳥，我們沒有見過的。」

「噢，真是美麗，你看，還有野豬片段呀。」

兩人聚精會神看片段有野豬在馬路開心狂奔，雅塔

用手指掃過屏幕，説：「巴塞隆拿都有野豬由山上跑到市區呀。」

「我們見過野豬嗎？」

「我沒見過，上年夏天去旅行，我們見過鹿。」

「對，有鹿媽媽和小鹿。」格蕾説：「下次去西班牙，説不定可以見到野豬呀。」

「唏，有人拍了一羣黑臉琵鷺，好漂亮。」

「還有雪豹和很久沒見過的動物。媽媽有次跟我談西藏的動物，那是當地獨有的，很久沒有出現。現在人人躲在家裏，牠們才出來，動物自由了。」

「許多野生動物呀。」

「全世界都有動物走入市區，日本的鹿隨處去，還有袋鼠在大城市閒逛，真是很多。」

「牠們不怕病毒嗎？」

「牠們比較怕人。個個躲在家裏，四處沒有人，沒有噪音，動物開始感到安全，全部走出來了。」

「現在許多動物，真是有許多。比我們在城市見過

的還要多，我們去過的森林都沒有那麼多。如果我是動物的話，我一定喜歡現在的環境，到處都沒有人。」雅塔興高采烈地說。

格蕾沒有回應，自顧自沉醉在電腦的動物圖片和短片之上。

雅塔知道姐姐又回到自己的天地，收拾裝糕點的碟和果汁杯後，靜靜地離開格蕾的房間。

格蕾從來沒有留意別人的去留，繼續看她的電腦。雅塔早已習慣姐姐活在自己的世界，起初覺得姐姐忽略她，後來明白她並非有意忽視她的。

不知看了多久，格蕾有點感冒似的感到不適，放下電腦，回到牀上休息。

晚飯時間，妹妹來到格蕾的房間，但見房門虛掩，遠遠看見格蕾在房裏沉沉睡去，沒有驚動她，輕輕將門關上。

雅塔回到餐桌，只見媽媽放了三個位，跟媽媽說：「格蕾還在睡覺。」

雅塔從小直呼姐姐的名字，大家早已習慣。

媽媽收起一份餐具，示意她坐下來，說：「爸爸和姐姐都不舒服，讓他們多睡一會吧，今晚只有我們一起吃飯。」

「嗯。」雅塔在餐桌前坐好，開始專心飲媽媽拿過來的菜湯。過了好一會，抬起頭問：「媽媽，你可有見過真的大熊貓？」

「沒有。」

「待會兒給你看一條網上片段，有隻野生大熊貓四處去呀。」

「最近走來走去的動物都多了。」

「格蕾不用再罷課了，疫症令全世界都停學，我們不用罷課呀。」

「瑞典的小學沒有停課，你不要想趁機偷懶。」媽媽笑說。

「應該全世界停課的。」

「沒有全世界，你要上學的。」

「現在有疫症好呀，」雅塔説：「格蕾不用再為環保努力，新聞説，印度環境回復三十年前的清新，恆河水可以飲用，在德里還可望見喜馬拉雅山。」

「以前看不見嗎？」

「看不見的，空氣差呀。」雅塔説：「疫症令人人都環保了。」

「不同的，」媽媽微笑道：「疫症使全球大部分地區經濟停頓，病毒還會人傳人，令許多人痛苦生病，甚至令數以萬計的人死去。」

「不過，我見動物好開心呀。」

媽媽沒有回答，專心喝湯。

「你看過威尼斯運河的河水變得清澈，許多魚在水中游來游去的片段嗎？」

「看過，當然看過，還有海豚游近。」

「海豚是假的，海豚怎會游去運河？」

「格蕾都這樣説，」雅塔懊惱地説：「相片看來是真的，好難分真假呀。」

「世事往往真假難分，尤其是網上資料。」

「因為疫症，以前做不到減少污染，現在都做到了。我們希望環境變得清潔漂亮，現在不是做到嗎？」

「不是這樣的，真的不是。」媽媽耐心地說：「愛護環境跟經濟發展應該並存的，而非全部工廠停工才可換來清新空氣，也不應該為了發展經濟，污染水源和土地。世界各地戴即棄口罩的人增加，四處多了口罩垃圾，在河流和山野都有。這樣不但污染環境，還會傳染病毒，對動物和人都有害。」

「格蕾四出演講要求人不要乘搭飛機，現在很少人乘搭飛機了。」

「經濟中斷會令許多人失業，我們可以宣傳少搭飛機，不能說沒有人搭飛機是好的。」

「我不明白呀。」雅塔覺得媽媽不認同她的意見，有點不高興。

「不明白就專心吃晚餐。」媽媽笑說。

「爸爸和格蕾真是染上疫症嗎？」

「我真的不知道,你忘記我說過,國家規定只有需要緊急治療的人才會測試是否感染新型冠狀病毒,所以他們不會去做測試。」媽媽笑說:「他們沒有傳染我們,現在逐漸康復,就當作感冒好了。遲點大家可以一起乘搭火車去旅行了。」

「我們會去威尼斯嗎?」雅塔問:「我見現在運河的水好像透明一樣,清澈得可以看見許多小魚,我想去看看呢。」

「待疫症過去,我們可以去南歐度假,到時帶你去威尼斯看看。」

「可以去中國看大熊貓嗎?」

「嗯,中國太遠,或者,我們去看北歐森林的鹿,一樣好看。」

「我們還要等多久,疫症才會過去?」

「不知道,不過,我們有研究院研發新疫苗,已處於動物實驗階段。」

「用動物實驗不是太殘忍嗎?」

「實驗室會培養白老鼠做實驗，遲點還會用人來實驗。難道用人來做實驗都殘忍嗎？」

「我不明白，我們不是要好好對待動物嗎？」

「我們要對動物好，也要取得平衡，嗯，平衡利害太複雜，你暫時不會明白的，你先好好讀書，遲點我們和爸爸、姐姐一起討論。」

「有人食大熊貓嗎？」

媽媽笑起來，說：「沒有。」

「同學說中國人食蝙蝠，才有疫症的。」

「大家說笑而已，未經證實的。」

「他們怎可以吃蝙蝠呢？蝙蝠是食物嗎？」

「蝙蝠不是食物，我們永遠不會食蝙蝠的。」

「媽媽，蝙蝠俠會不會有危險？食蝙蝠的人會吃掉他嗎？」

「他的敵人企鵝會被人吃掉嗎？」

雅塔大吃一驚說：「有人食企鵝嗎？」

「媽媽跟你開玩笑，就算不是素食者，人們都不會

食企鵝的。」

雅塔鬆一口氣，開始幫媽媽執拾碗碟。

「媽媽，現在有雪豹和野豬在中國走來走去，是不是知道人人都留在家裏，沒有人會吃掉牠們呢？」

「雅塔，你沒有吃掉碟裏所有的西蘭花，你不尊重食物，卻去關心其他人吃什麼，下次……」

雅塔知道媽媽要數落她不喜歡吃西蘭花，然後再說西蘭花的好處，連忙說：「媽媽，我出花園餵毛毛和洛士。」

「嗯。」媽媽回應，透過窗子看見雅塔走出花園，毛毛和洛士隨即跑過去，一人二犬就像三兄妹似的嬉戲。對毛小孩和孩子來說，無論有沒有疫症，世界都是美麗的。

泰迪在疫症期間有更多時間上網，他看見格蕾在世界地球日放上美麗的地球照片，隨即在羣組寫：「我認同格蕾，每一日都是世界地球日。」

「我開始素食了。」夏綠蒂寫。

「我最喜歡吃牛排，無論我為環保做多少事，我都不會轉素食的。」威廉寫。

「好悶呀，很久沒有上課了。」朱利安寫。

「我依然覺得好裝模作樣，說什麼大家為未來的生活環境改變，美好的改變並非來自政府或商業機構，而是來自我們⋯⋯真是廢話。」盧卡斯寫。

「你不喜歡可以不看的。」珍妮花寫。

「你們看見袋鼠走來走去嗎？」法蘭克問。

「有呀，有袋鼠和樹熊，還有蛇，我家快變成野生動物園了。」奧利維亞寫。

「我們不出街，動物都出來了。」馬田寫。

「世界地球日呀，全部生物都有份的，我見有些地方有老虎呀。」祖迪寫。

「你們的根與芽有什麼新計劃？」泰迪問。

「沒有，連珍古德教授都停止活動了。」祖迪寫。

「如果我八十多歲可以像她就好了。」莎莉寫。

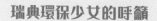

「她現在擔心在非洲坦桑尼亞的人,經營酒吧、餐館,在路邊賣菜的活動都被禁止,人們的收入只能維持一個星期,並要支付租金,沒有社會保障。」祖迪寫。

「我們的政府不算太差了。」盧卡斯寫。

「你跟非洲人比較嗎?」奧利維亞寫。

「社區隔離讓她想起被人類圈養或當年被關進醫學實驗室的黑猩猩。」祖迪寫。

「留在家裏太久,我終於明白為什麼每次帶狗狗出去散步,牠都是那麼開心。」莎莉寫。

「希望世上再沒有鐵籠式動物園,我現在明白被困的動物感受了。」法蘭克寫。

「珍古德教授説人類沒有節制地捕殺野生動物,嗜食珍奇異獸,破壞牠們的棲息地,大大地改變這些物種的生存條件,甚至包括病毒本身。不管有沒有經過人工改造,也是被人類干擾了它們原本與動物共存的生命形態,結果創造出一個誰都無法預料的困局。」祖迪寫。

「你怎知道?」馬田問。

「有個根與芽羣組的朋友轉貼了她最新的專訪。」祖迪寫。

「她説得對。不過，鱷魚、野兔和袋鼠繁殖得太多時，政府鼓勵我們獵殺來食的。」盧卡斯寫。

「珍古德教授反問現在的恐慌與災難，説是大地的反撲似乎來得簡單，難道這不是我們人類自己創造出來的嗎？她的答案是人類最好遠離野生動物。」祖迪寫。

「可見格蕾推廣素食是對的。」莎莉寫。

大家由環保轉到談素食，聊得不亦樂乎。

在這一年的世界地球日，格蕾獲得關懷人類的丹麥組織獎項，表揚她無畏無懼，聯繫全球數以百萬人關注全球氣候變化問題，向各國領袖施壓。

格蕾得到十萬美元獎金。她跟父母商議：「我要怎樣用這筆獎金呢？」

「我們不必使用，你決定怎樣用好了。」爸爸説。

「我捐給環保組織好嗎？」格蕾問。

「你想想哪些人最需要幫助呢？」媽媽説。

　　格蕾想起馬拉拉為孩子上學而抗爭，想到遠方貧窮的兒童在疫症蔓延下一定活得很辛苦，説：「我想用來幫助兒童。」

　　爸爸笑起來，説：「很好，你將這筆錢捐出去吧！」

　　媽媽問：「為什麼幫助兒童呢？」

　　「無論是氣候危機抑或疫症流行，最先傷害的往往是兒童。」格蕾説。

　　「好呀，疫症對兒童影響很大，尤其是第三世界的弱勢社會，要是父母失去工作，或有幾個月沒有收入，對孩子影響很大。」爸爸説。

　　「我想呼籲世界各地的人捐錢給孩子保健和教育，從小沒有上學機會是可憐的。」格蕾説。

　　「你照自己的想法去做吧，」爸爸説：「你可以跟非政府組織（NGO）負責人商議疫症之下的緊急援助。」

　　「給小孩買口罩嗎？」格蕾問。

　　「對，還可以提供防疫包，教他們用肥皂洗手，好

好戴口罩，有需要的時候用手套，以至給社區醫療系統支援等。」爸爸說。

格蕾決定將十萬美元捐給國際兒童組織，頒獎組織同時捐十萬美元。然後，她在社交平台向公眾募捐，希望貧窮的兒童能夠捱過疫症，讓全世界的小孩都得到足夠食物、清潔食物和讀書機會。

泰迪參與格蕾的捐款計劃，在羣組寫：「我捐了二十五美元，對兒童盡了一分力。」

法蘭克看見泰迪貼上連結，寫：「我的爸爸快將失業，我無法捐款。」

「爸爸工作的餐館結業了，我們一家要領救濟金了。」珍妮花寫。

大家的心情沉重起來，紛紛貼上哭泣或愁眉苦臉的表情符號。盧卡斯寫：「我不再批評格蕾了，沒有人能改變環境污染，只有病毒可以。」

「你們有沒有留意，政府關注環保的地方，控制疫情較好的。」夏綠蒂寫。

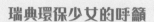

「有關嗎？」威廉問。

「不如我們由責罵格蕾的政客開始看。」夏綠蒂建議道。

「啊，美國疫情不受控制。」馬田寫。

「巴西有十萬人確診，七千多人死亡。科學家認為總統施政失誤是國家最大危機。」夏綠蒂寫。

「嗯，夏綠蒂提出的好像是真的。俄羅斯有二十萬人確診。」朱利安寫。

「我們的環保做得比紐西蘭差，確診比例比紐西蘭高。」威廉寫。

「你們這樣說來，環保和疫症蔓延真的有關。」珍妮花寫。

「承擔氣候轉變和疫症惡果的都是基層的人，政客不理會環保，也不會關心疫症對基層市民的影響。」法蘭克寫。

「嗯，就像美國總統只關心商人和經濟發展，他不會關心氣候改變帶來災禍，也不理會窮人死活，一直在

談經濟。」盧卡斯寫。

「也可以這樣說吧，關心環保的國家關心國民的生活質素，疫症來襲時做得更好。」盧卡斯寫。

「不關心環保的政客不理基層市民生活質素，疫症蔓延一發不可收拾。」朱利安寫。

「病毒是公平的，王子和首相都感染病毒，不一定是窮人才感染的。」泰迪寫。

「就算病毒公平，人類的醫療都不公平的。有錢人染病一定有呼吸機，死的大多是窮人。」夏綠蒂寫。

「許多國家的孩子停課都受影響。」奧利維亞寫。

「家境富裕的小孩可以透過電腦上網學習，窮小孩就要停學幾個月。」夏綠蒂寫。

「格蕾捐錢給兒童是對的。」威廉寫。

「格蕾認為疫症影響兒童健康，尤其是影響窮孩子的人生，要我們幫助兒童。」泰迪寫。

「我原本不是窮孩子，但現在全家人都停了工作，我變成窮孩子，我都想有捐款接濟。」馬田寫。

「大家都變成窮人了，面對的困難只會更多。」朱利安寫。

「我覺得疫症讓我看見生命的局限和脆弱，貧窮國家和先進國家的資源相差太遠。」法蘭克寫。

「有錢國家不一定做得好。」奧利維亞寫。

「對，美國聯邦政府做得最差。瑞典在北歐國家之中公認為是處理疫情最失敗的，有三千多人因感染疫症死亡，約半數是老人院的長者。瑞典政府承認保護長者不力。」泰迪寫。

「有些人還在說她虛偽，她捐錢給全世界的兒童，但不關心自己國家的老人。」馬田寫。

「她有獎金，理應先照顧瑞典有需要的人呀。」盧卡斯寫。

「瑞典政府不缺錢呀。」奧利維亞寫。

「十萬美元不算多錢，她只是做自己做得到的。」威廉寫。

「我認為她應該幫助老人，而非兒童，尤其是瑞典

的老人。」盧卡斯寫。

「你可以說出一個名字是從來無人批評嗎？」奧利維亞寫。

「艾莎女王，Let it go, let it go......」馬田寫，然後加了一串唱歌公仔和符號。

「格蕾說這場疫症令全世界改變，證明現在的制度是可以改變的，人的習慣也可以改變。」朱利安寫。

「別說她了，不如我們商量一下自己的行動吧。」盧卡斯寫。

「疫症當前，人人都不大開心，我們別為小事爭吵了。」法蘭克寫。

泰迪寫：「我寫了一首詩，讓大家看看。」

一覺醒來，世界轉了模樣

沒有人的街道，鱷魚和樹熊出來逛街

袋鼠在市集跳來跳去，野豬在馬路奔跑

沒有工廠排出黑煙，晴天清澈蔚藍如海

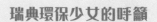

碳排放大減密雲散去，星夜閃爍月色溫柔

沒有汽車噪音，小鳥晝夜開演唱會

我們的價值觀驀然改變

不去探望祖父母是孝順

跟朋友保持社交距離是友愛

不再擁抱輕吻才是體貼

世人權力再大都敵不過病毒

智慧、美貌和金錢不再重要，人倒下時最重要的是

呼吸

我們要呼吸氧氣生存

人人在家隔離，地球回復美麗

人並不如自己所想的重要，人類隨時可在地球消失

空氣、土壤、天空、河流和動植物，沒有人依然美

好

我們是地球的過客，不是主人

後記

✦ 大愛環境做小事——關麗珊 ✦

香港原本四季分明，春天開遍杜鵑花提醒公開試考生準備考試，夏天蟬鳴荔熟代表全部學生都要準備考試，秋天金風送爽是學校旅遊的好季節，旅行後大多要作文寫遊記，不少同學在結尾寫「夕陽西下，我帶着依依不捨的心情離開」，就算分數不高都起碼合格。

以前的香港冬天是寒冷的，最凍是攝氏四度，大帽山和新界部分地區更會錄得零度或零度以下紀錄，零度就有結霜現象，身處亞熱帶的香港都可欣賞冰雪世界。香港人在聖誕節、新年和農曆新年都會穿大褸和圍上頸巾，學生放寒假可躲在暖暖的被窩睡覺。

近十年的香港天氣開始改變，夏天熱得令人難以忍受，春天和秋天變成沒有那麼熱的夏天，甚至冬季外出仍可穿短袖衫，有時會加件外套，全年只

有幾日在攝氏十度以下。許多科學家已提出預告，在不久的將來，香港再沒有冬天，亞熱帶氣候會變成熱帶氣候。

全球氣候變化的影響是明顯的。超級颱風越來越多，破壞力越來越厲害，近五年經過香港的超級颱風是五十年前罕見的。然而，有些香港人仍然全年開冷氣，增加碳排放令全球氣候加速暖化，我們就這樣旁觀地球環境惡化下去嗎？

這本小說由第一位科學家提出碳排放會令全球氣候暖化說起，現實有許多人為環保努力，可惜破壞的人更多。

由於涉及科學論證和名人觀點，創作這本小說期間花了許多時間考證真偽。小說當然是虛構的，不過，背景資料盡量是真實的，期望大家看罷能夠身體力行愛護環境。

　　我早已習慣將用過的紙、鋁罐、膠樽、玻璃瓶和衣物等分類放到回收箱去。不過，如果政府不理會環保再生行業，分類好的玻璃樽仍可能運去堆填區的，市民可以做的非常有限。所以，格蕾才要罷課要求政客實踐環保承諾。

　　要是政府不理會民間訴求，我會繼續爭取並做好個人做得到的，例如，帶環保袋和餐盒去買東西，自備環保餐具，樂意用二手物品等等。還有，我會盡量讓物件有多次使用機會。比方說，要是將膠蛋盒放入環保箱，我不知道可會再造，於是，我決定拿去街市給賣蛋小販再用。首次給小販一堆儲起的蛋盒時，我覺得有點尷尬，幸好對方欣然接受，才知雙方都是開心的，那些蛋盒起碼可以再用一次……我一直儲起不同物品交給不同商販再用。

　　環保少女有自閉症譜系障礙的亞氏保加症、強迫症和選擇沉默症，許多人認為自閉症或強迫症的孩子是怪人，源於大家不了解他們，不知道如何跟

他們交朋友。我們用心跟人交朋友的話，自然知道世上沒有怪人，只有性格獨特的朋友。

格蕾自言一切是祝福，亞氏保加症和強迫症特質讓她堅持環保信念勇往直前。寫這篇後記的時候，她已罷課九十二周，沒有人知道結果怎樣，只知每個愛護環境的人都可在環保路上各自努力，不必完全認同任何人的見解。

感謝新雅文化各位同事的專業工作，讓這本小說可以來到你的手上，感謝你選擇這本書。希望香港可以四季分明，春天百花齊放，夏天豔陽高照，秋天紅葉飛舞，冬天⋯⋯嗯，留待你描寫香港的冬季好了。